FOLIO JUNIOR/**ANIMORPHS**

Même le livre se transforme !
Faites défiler rapidement
les pages et regardez...

Déjà parus dans la série

ANIMORPHS

1. L'invasion
2. Le visiteur
3. L'affrontement
4. Le message
5. Le prédateur
6. La capture
7. L'inconnu
8. L'extraterrestre
9. Le secret
10. L'androïde
11. L'oubli
12. La menace
13. La mutation
14. Le mystère
15. L'évasion
16. L'alerte
17. Le piège
18. La décision
19. Le départ
20. La découverte
21. L'ennemi
22. La solution
23. L'héritier
24. Le soupçon

Pour en savoir plus,
rendez-vous à la p. 215

K. A. Applegate

LE MYSTÈRE

Traduit de l'américain
par Florence Meyeres

ANIMORPHS

FOLIO JUNIOR/GALLIMARD JEUNESSE

Pour Michael et Jake

Titre original : *The Unknown*
Edition originale publiée par Scholastic Inc., 1998

Illustration de couverture : David B. Mattingly

CHAPITRE

1

Je m'appelle Cassie.

Je ne peux pas vous dire mon nom de famille. Car la menace que représentent les Yirks est trop grande. Certains jours, j'ai l'impression que c'est comme une corde qui se resserre autour de mon cou. D'autres jours, je crois ne plus pouvoir faire confiance à personne. Mais aussi longtemps qu'ils ignoreront notre identité, mes amis et moi pourrons rester en vie. Peut-être.

Vous pensez sûrement que je dramatise, non ? Que je suis paranoïaque ou un peu folle, c'est ça ? Je vous assure, croyez-moi, je ne suis pas du genre à dramatiser. Et encore moins du genre à en rajouter. Je ne suis pas non plus de ces personnes qui sont toujours à dénoncer un nouveau complot. Vraiment.

Je suis juste une fille comme les autres. Je ne suis

pas top model ni rock star ou je ne sais quoi d'autre. Je suis petite. Plutôt agréable à regarder, mais pas réellement belle. Trapue et carrée, pas vraiment grande et élancée. Si vous voulez voir une fille grande et élancée, vous devriez rencontrer ma meilleure amie, Rachel.

Je ne ressemble pas à ça. Je suis de petite taille avec des cheveux coupés court, je ne me maquille jamais, et ma garde-robe se résume à des jeans et des salopettes. Je possède deux paires de bottes. Elles sont la plupart du temps couvertes de boue ou de déjections animales. J'ai aussi quelques paires de superbes gants en caoutchouc, et je ne vous conseille pas de me demander de quoi ils sont couverts.

Vous savez, je m'occupe beaucoup d'animaux. J'aide mon père, qui est vétérinaire. Il dirige le Centre de sauvegarde de la vie sauvage installé dans notre grange. Il recueille toutes sortes de bêtes blessées, soigne leurs pattes cassées, leurs brûlures, désinfecte leurs plaies et les débarrasse de leurs parasites.

Je l'aide quand je rentre du collège et le week-end. Je m'occupe principalement de leur donner leurs médicaments. Je lave les animaux et nettoie leurs cages, je les nourris, je change leurs pansements et j'assiste mon père lors des opérations. En ce moment, il m'apprend à suturer. Vous savez, lorsqu'on recoud le malade une fois l'opération terminée.

C'est chouette, non ? Moi, en tout cas, j'aime ça. Et au moins, maintenant vous savez pourquoi j'ai des bottes et des gants dans un tel état et des jeans déchirés et tachés.

Que dire d'autre ? Je ne ferai jamais la couverture de *Jeune et jolie*.

Ça n'empêche, Rachel est ma meilleure amie; et elle est sans aucun doute la personne la plus sympa que je connaisse. Et Jake m'aime beaucoup. En tant qu'ami, s'entend. Et il est le garçon le plus intelligent, le plus fort et le plus équilibré que j'aie jamais vu. A l'exception de mes parents, peut-être, mais ce n'est pas la même chose.

En tout cas, on dirait que ne pas avoir de vêtements à la mode ne m'a pas trop gênée. On peut se faire une opinion des gens en regardant quels sont leurs amis... et leurs ennemis. Mes amis sont formidables. Et mes ennemis... terrifiants.

J'ai le genre d'ennemis qu'aucune fille, petite comme moi, dingue des animaux et désintéressée de la mode ne devrait avoir.

Une invasion menace la Terre. L'invasion des Yirks, une espèce de parasites doués d'intelligence. A l'état naturel, ce ne sont que des limaces grisâtres. Un peu comme des escargots, mais sans la coquille. Les Yirks ont cependant la capacité de pénétrer dans le cerveau des êtres vivants, de s'y lover et de se glisser dans ses moindres replis pour le contrôler.

Ils ont déjà asservi la race des Hork-Bajirs. Ils ont fait des Taxxons leurs alliés. Et à présent, ils s'en prennent à nous.

Ils sont là, parmi nous. Vous ne le savez pas, c'est tout. Personne n'est à l'abri. Vous pensez bien connaître vos amis ? Vos professeurs ? Et même vos parents ? Peut-être que oui... et peut-être que non. Parce que chacun d'entre eux peut avoir un Yirk qui vit à l'intérieur de sa tête. N'importe lequel d'entre eux peut être un Contrôleur.

C'est ainsi que nous appelons une personne qui est esclave des Yirks. Un Contrôleur. Un humain-Contrôleur, un homme ou une femme dont le cerveau est sous le contrôle total d'un Yirk.

Je vous ai déjà parlé de Jake. Son frère, Tom, est l'un d'eux. Au collège, le principal, M. Chapman, est aussi l'un d'eux.

Et qui combat pour stopper cette invasion secrète, invisible, de la Terre par les Yirks ? Juste une bande de gosses : Jake, Rachel, Marco, Tobias, un jeune extraterrestre nommé Ax et celle qui vous raconte cette histoire.

Vous commencez à vous inquiéter ? Vous pensez : « La Terre est envahie par des limaces malfaisantes venues d'une autre galaxie, et la seule force dont nous disposons pour les combattre est une bande de gosses ? »

Eh bien, nous ne sommes pas exactement une simple bande de gosses. Nous avons certains talents cachés. Vous savez, nous avons été informés de l'invasion yirk par un prince andalite sur le point de mourir, Elfangor. Il nous a également transmis une technologie mise au point par son peuple qui nous permet de morphoser. Ce qui signifie que nous avons la capacité de nous transformer en animal. Il nous suffit de le toucher avant pour acquérir son ADN.

J'ai déjà été un loup, un rapace, une mouche et une bonne douzaine d'autres animaux. J'ai affronté des dangers terribles et participé à des combats d'une violence inimaginable, mais je suis toujours en vie. Moi, Cassie.

Et je n'ai toujours rien à faire de la manière dont je m'habille. Ce qui rend Rachel malade. Elle ne s'y fait pas, même après toutes ces années. Elle se tenait là, debout en face de moi dans la grange.

– Écoute Cassie, ce que je te dis, c'est juste que tu peux porter un jean. Tu peux porter une salopette, des bottes pleines de boue. Je peux accepter tout ça. Mais mets au moins des choses qui sont à ta taille.

– Mais elles sont à ma taille, protestai-je.

– Cassie, tu sais que je t'aime vraiment beaucoup. Tu sais que tu es ma meilleure amie. Mais ce jean est si court que tu pourrais traverser le Mississippi sans même mouiller ton pantalon. Quand l'as-tu acheté ? Quand tu avais quatre ans?

Je regardai le bas de mon jean. Il s'arrêtait en effet à environ trois centimètres du sommet de mes bottes. Je fis une grimace à Rachel. Elle semblait si attristée de me voir comme ça. Il y avait une réelle expression de douleur sur son visage. Comme si la simple existence de ce jean trop court était un drame.

– Tu trouves vraiment qu'il n'est pas assez long ?

– Pas si nous sommes pris dans une inondation.

En cas de montée des eaux, c'est le pantalon idéal. Allez viens avec moi. Je vais... enfin, j'y vais. Il y a plein de soldes. Je voudrais que tu m'accompagnes.

Je fronçai les sourcils. Je savais où elle voulait m'emmener.

– Non, je n'irai pas au centre commercial avec toi.

– Qui va au centre commercial ? demanda une voix.

C'était mon père qui venait juste d'entrer par la porte latérale de la grange.

– Rachel, répondis-je.

– S'il vous plaît, essayez de la convaincre de venir avec moi, supplia-t-elle en regardant mon père avec insistance.

Il se mit à rire.

– Pas question, désolé Rachel. J'ai besoin de Cassie. Helen la Folle a appelé. Il y a un cheval malade qui s'est enfui en direction des terres Arides.

Rachel jeta un coup d'œil au jean de mon père. L'ourlet se terminait à peu près dix centimètres au-dessus de ses chaussures, laissant apparaître des chaussettes pas vraiment assorties au reste de son habillement.

– Eh ben... il ne faut pas se demander de qui tient Cassie ! remarqua Rachel d'un ton gentiment moqueur.

Je haussai les épaules en signe d'impuissance.

– Dommage. Je crois que je ne vais pas pouvoir te suivre pendant des heures dans ces superbes magasins et admirer le spectacle de ces garçons te dévorant des yeux. Quel dommage ! La vie est si cruelle…

Rachel se tourna vers moi et éclata de rire.

– Hé, un cheval malade, c'est quand même plus important que d'aller s'acheter un jean à sa taille.

– Viens avec nous, proposai-je à Rachel.

J'aime beaucoup mon père, vraiment, mais un trajet de deux heures en voiture avec lui, à écouter ses vieux CD de Stevie Wonder, ça n'est pas tout à fait mon truc.

– Bon d'accord, accepta Rachel.

– Viens avec nous et, demain, je te laisserai m'acheter un nouveau jean.

– Un vrai ? Pas une espèce d'imitation minable qui n'a de jean que le nom.

Elle se mordit les lèvres et me lança un regard plein de malice.

– Bien sûr, avec un beau jean, il faut un beau pull…

Et c'est ainsi que me fut révélé le mal insidieux qui ronge l'humanité.

Mais je préfère m'arrêter là. Nous devions avant tout nous rendre dans les terres Arides.

CHAPITRE 2

Le temps que nous traversions la ville, que nous dépassions la forêt et que nous arrivions dans ce que nous appelions les terres Arides, il faisait déjà sombre.

Les terres Arides ne sont pas exactement un désert. Ce que je veux dire, c'est qu'il n'y pousse pas de cactus ou des trucs de ce genre. Il s'agit d'une immense étendue de terre désolée recouverte d'herbes sauvages, dont la solitude semble s'étendre à l'infini. De temps à autre se dresse un arbre, ou un bouquet d'arbres, mais on y trouve pour l'essentiel que des broussailles, des fleurs sauvages et des rochers qui semblent surgir du sol et avoir été posés là par quelques géants des anciens temps.

En fait, nous ne voyions pas grand-chose des terres Arides dans cette obscurité. Nous roulions sur

une autoroute. Une heure d'autoroute, nous trois coincés sur les sièges avant du gros 4x4. Par mesure de sécurité, mon père ne voulait pas nous laisser aller derrière, dans la benne.

Alors, bien sûr, nous ne pouvions pas trop nous parler, Rachel et moi, avec mon père juste à côté. Ce n'était pas seulement parce que c'était mon père, mais parce qu'il ne savait rien de notre vie d'Animorphs.

– Au fait, qui est cette Helen la Folle ? demanda Rachel qui désespérait de pouvoir trouver un autre sujet de conversation.

– Nous ne devrions probablement pas l'appeler comme ça, répondit mon père. Même si c'est ainsi qu'elle parle d'elle. C'est une vieille dame, d'environ quatre-vingts ans. Elle vit dans une caravane installée derrière le magasin de souvenirs qu'elle possède. Je l'ai rencontrée il y a plusieurs années, quand il y a eu ce problème avec les troupeaux de chevaux des terres Arides.

– Il s'agissait d'un problème de parasites intestinaux, expliquai-je. Des vers.

– Qui avait des vers ? Les chevaux ou Helen la Folle ? ironisa Rachel.

– Voilà, nous y sommes, fit mon père qui interrompit le cours de mes réflexions alors que je cherchais quelque chose de drôle à répondre à Rachel.

Il gara la camionnette devant une petite boutique surmontée d'une immense pancarte sur laquelle on pouvait lire : *La chance aux souvenirs*. Elle était en fait plus grande que le magasin lui-même. Il était fermé et semblait l'être depuis des années.

Derrière la boutique, il y avait effectivement une caravane, tout argentée, allongée comme un missile, semblable à celles que l'on voit dans les films américains. Elle était équipée d'un auvent décoré de guirlandes de Noël lumineuses, bien que Noël soit passé depuis de longs mois déjà.

Helen la Folle vint à notre rencontre quand elle nous vit descendre du véhicule. Ses cheveux gris en bataille, elle portait une blouse fleurie délavée, un jean rapiécé et des bottes de cow-boy.

– Hé ! s'exclama Rachel. C'est toi tout craché. Dans soixante ou soixante-dix ans.

Je lui donnai « accidentellement » un coup de coude dans les côtes avant que nous n'éclations de rire toutes les deux.

– En fait, je crois que tu finiras par rejoindre une association de volontaires pour la défense des

poulets, baleines et autres animaux en tout genre, rectifia-t-elle en modérant ses sarcasmes.

Cela ne me déplaisait pas vraiment comme perspective d'avenir, même si je m'imaginais mal m'occuper à la fois de poulets et de baleines.

– Elle est juste là, juste là ! cria Helen la Folle dès que nous nous sommes approchés. C'est une grosse jument grise. Elle se comporte de manière bizarre. Comme si elle avait mangé de l'herbe qui rend fou.

– De l'herbe qui rend fou, répéta Rachel l'air surprise.

Je haussai les épaules.

– Bonjour Helen, dit calmement mon père. Nous allons jeter un œil et voir ce qu'il se passe. Et vous, comment ça va ?

– Ces sombres extraterrestres ne me laissent pas dormir, se plaignit-elle.

Je vis Rachel se contracter. Je lui fis un clin d'œil et dans un faible murmure je la rassurai :

– Ce ne sont pas ceux auxquels tu penses.

– Ils continuent à m'envoyer des messages dans ma tête, reprit-elle. Ils me répètent sans cesse qu'ils vont atterrir, ici même. Moi, je n'ai jamais vu un seul Martien atterrir ici en quarante ans. On ne peut pas leur faire confiance. Ils sont très très sournois, indignes de ma confiance.

– Qui donc ? voulut savoir mon père.

– Les Martiens, de qui voulez-vous que je parle ?

Helen la Folle se mit alors à rire. Ce n'était pas un rire de démente, mais un petit rire malin, gentil. Je me demandais parfois si elle était vraiment dérangée ou si elle ne jouait pas un rôle.

– Bien, allons voir ce cheval, décida mon père.

Rachel et moi avons dirigé nos lampes torches vers les ténèbres. La lune était haut dans le ciel, mais ce n'était qu'un quartier et il ne réfléchissait pas beaucoup de clarté. Bientôt nous n'avons plus été éclairés par les lumières de la caravane et de l'enseigne lumineuse. Nous étions plongés dans l'obscurité totale, comme lorsqu'on s'éloigne des lumières d'une ville.

Grâce à nos lampes de poche, nous distinguions de petits arbres, des buissons et des rochers. Le seul bruit qui nous parvenait était le frottement des herbes hautes sur nos jambes tandis que nous avancions.

Mon père et moi tentions tant bien que mal de percer la nuit pour repérer le cheval. Rachel, elle, s'éloigna un peu de nous pour aller voir en direction de la route.

– Hé, ce ne serait pas le cheval que vous cherchez par hasard ? demanda-t-elle soudain.

– Où ?

– Ici, près de la chaussée, près de la cabine téléphonique.

Mon père et moi nous sommes retournés pour regarder. Un cheval tout crasseux se balançait d'un côté à l'autre en avançant doucement. Il se balançait comme s'il avait été drogué.

Alors que nous l'observions, il sembla attiré par le téléphone. Il décrocha l'écouteur avec sa bouche et le laissa pendre dans le vide. Et c'est alors qu'il se passa une chose des plus étranges. L'animal baissa la tête en direction du sol, attrapa une brindille entre ses lèvres et commença à tapoter avec sur le clavier du téléphone.

– Est-ce que je deviens folle ou ce cheval est en train d'essayer de composer un numéro ? remarqua Rachel.

Mon père haussa les épaules.

– Il doit être perturbé. Il ne sait pas ce qu'il fait. Venez, allons voir ça de plus près.

Je fis exprès de trébucher après quelques pas pour me retrouver à la hauteur de Rachel.

– Ce cheval compose un numéro de téléphone, me chuchota-t-elle.

– En tout cas, c'est l'impression qu'il donne, approuvai-je.

– Tu crois qu'il se commande une pizza ?

– S'il vous plaît, pourriez-vous me livrer une quatre fromages ?

Mon père était maintenant tout près du cheval. L'animal l'observa et sembla hésiter. Comme s'il voulait achever de faire son numéro. Mais comme s'il avait aussi une furieuse envie de s'enfuir. Il décida de s'enfuir. Mais il n'était pas vraiment en état de courir. Le mieux qu'il put faire fut de tituber dans les ténèbres en manquant de s'effondrer à chaque pas.

– Holà, ma grande, holà, lui fit mon père de la voix rassurante qu'il utilise pour calmer les animaux. Holà, je viens juste essayer de t'aider.

Mais le cheval n'avait rien à faire de ses paroles rassurantes. Titubant et chancelant, il disparut aussi vite qu'il le put dans le noir. Il fut bientôt perdu dans l'obscurité, mais nous avons alors entendu un bruit : whumpf !

Je me mis à courir et rejoignis rapidement mon père. Il était agenouillé au-dessus de l'animal qui était

tombé par terre. Le pauvre cheval essayait bien de se relever, mais il en était incapable.

– De quoi s'agit-il à ton avis ? demandai-je anxieusement à mon père.

La bête suait abondamment. Avec ses grands yeux marrons, elle nous fusillait du regard.

– Eh bien, ça peut être beaucoup de choses en fait, me répondit-il. Mais je parierais qu'il s'agit d'une morsure de serpent. Essaie de la maintenir calme. Je dois aller chercher des choses dans la camionnette. Je reviens tout de suite.

– Une morsure de serpent ? s'étonna Rachel.

– Bien sûr, il y a beaucoup de reptiles dans le coin, lui expliquai-je.

Je donnai des petites tapes amicales sur le flanc de l'animal et lui chuchotai des choses rassurantes.

– Pas la nuit, non ? Je veux dire, les serpents sont en activité le jour il me semble... Je me trompe ?

– Pas toujours.

– Génial ! C'est quand même plus passionnant que d'aller au centre commercial. Du venin de serpent et un cheval qui passe un coup de fil.

Soudain, je m'aperçus qu'il se passait quelque chose dans la tête de l'animal.

– Regarde ! m'écriai-je.

C'est alors que nous avons vu sortir une limace de son oreille gauche. Une espèce de grosse limace grise.

– Est-ce que c'est ce à quoi je pense ? dit tout bas Rachel.

– Oui, je crois.

La limace se glissait lentement hors du crâne du cheval. Elle tomba lourdement sur le sol caillouteux couvert d'herbes sauvages. Elle se tortilla ensuite dans tous les sens et commença à s'éloigner.

J'avais déjà vu ce genre de limace. Cassie aussi.

– Un Yirk, fis-je. Il y avait un Yirk dans le crâne de cette jument.

La limace continuait à ramper dans la nuit. Je jetai un coup d'œil en arrière et vis mon père qui fouillait toujours dans son matériel d'urgence à l'intérieur de la camionnette. C'est à ce moment-là qu'est apparu un étalon à la robe claire.

Il n'était pas d'une taille gigantesque, mais au premier coup d'œil vous deviniez qu'il s'agissait d'un animal puissant. Il s'approcha lentement de nous, en tenant sa tête bien haut. Il regarda la jument couchée à terre, puis son regard se fixa sur le Yirk qui se tortillait sur le sol.

Il était difficile de bien voir dans cette obscurité, mais je crois que le Yirk grimpa le long de la jambe du cheval. Comme s'il essayait de le rejoindre. Puis l'étalon fit demi-tour et commença à galoper.

– Rachel ?

– Oui.

– Nous devrions partir d'ici.

– Qu'est-ce que tu veux dire ? Pourquoi ?

Je ne savais pas pourquoi. C'était juste une impression. Quelque chose d'instinctif. Mais c'était vraiment convainquant.

– Ne cherche pas à comprendre, cours, cours !

J'attrapai le bras de Rachel et la tirai brusquement. Nous n'avions pas fait dix mètres que...

Tsssseeeewwww ! Tsssseeeewwww !

Une lumière aveuglante ! Brillante et puissante comme l'éclat d'un flash qui vous arriverait droit dans les yeux ! La lumière venait d'au-dessus. Du ciel.

Les rochers se fendirent, le sol lui-même sembla exploser.

Mon visage heurta la poussière avant même que je puisse me rendre compte que je tombais.

CHAPITRE 3

J'étais allongée sur le dos. A l'intérieur d'une pièce. J'ai ouvert les yeux. Penché au-dessus de moi, un extraterrestre me regardait fixement. Un visage livide, fantomatique, de forme ovale avec deux grands yeux. Il ressemblait à un petit enfant avec des bras et des jambes fragiles.

Il me faisait penser à ces créatures venues de l'espace que l'on voit dans ce vieux film de science-fiction : *Rencontres du troisième type*. En fait, il leur ressemblait très exactement.

Je clignai des yeux et le regardai une nouvelle fois. Il s'agissait en fait d'un découpage en carton grandeur nature. Derrière cet extraterrestre se tenait Data, un personnage de la série *Star Trek*.

Je me suis assise. Tout autour de moi, il y avait des étagères remplies de masques de *La Guerre des*

étoiles – dont ceux de Dark Vador et des soldats des troupes impériales –, des reproductions d'objets du vaisseau de *Star Trek* et des oreilles de Spock. Il y avait également des posters un peu partout : Mulder et Scully des *X-Files*, Jane Fonda dans *Barbarella*, une affiche du film *2001, Odyssée de l'espace*, etc.

Mais il y avait surtout tout un assortiment d'objets – des tasses, des cendriers, des stylos, des T-shirts – tous décorés d'un logo rouge et blanc surmonté de cette inscription : « Zone 91 ».

J'entendis alors Rachel parler.

– Elle est réveillée.

Elle marchait doucement tout autour de moi en tenant un petit bâton dans une main.

– Que s'est-il passé ? lui demandai-je.

– Tu as perdu connaissance. Tu sais, quand cette explosion totalement inexpliquée s'est produite.

Elle haussa les sourcils et me jeta un regard plein de sous-entendus.

J'avais compris. Elle me rappelait que nous n'avions pas vu ce que nous avions vu. Qu'aucun Yirk n'était jamais sorti de la tête de ce cheval. Qu'aucun rayon Dracon n'avait jamais frappé la terre.

Mon père se précipita alors vers moi, suivi de près

par Helen la Folle. Il s'agenouilla et commença à m'ausculter la tête.

– Aïïïe !

– Ce n'est rien, me rassura-t-il doucement, juste une coupure superficielle et de grosses bosses. Mais je ne pense pas qu'il y ait de commotions. Je vais quand même te conduire aux urgences sur le chemin du retour. Je préfère qu'un docteur t'examine.

Rachel me fit un clin d'œil.

– Tu seras peut-être examinée par le docteur Carter, tu sais celui joué par Noah Wyle dans la série *Urgence*. Hum, hum !

– Qu'est-ce que vous racontez ? voulut savoir mon père.

– Eh bien…

– Ce sont les extraterrestres, m'interrompit Helen la Folle. Ils ont dissimulé des pierres explosives un peu partout. Et boum ! Boum !

Mon père fronça les sourcils.

– Nous sommes en bordure d'une base de l'US Air Force. Les militaires sont juste installés à la lisière des terres Arides. On voit des avions de chasse passer sans arrêt dans le ciel. Je crains que l'un d'eux n'ait perdu un missile, une bombe ou quelque chose dans

ce genre. Ce cheval fou a dû heurter le détonateur de l'engin et le souffle de l'explosion t'a assommée.

– Ça me paraît être une bonne explication, admis-je.

– C'était les extraterrestres, se remit à crier Helen la Folle. Ils en retiennent prisonniers dans la Zone 91. Voilà pourquoi c'est une zone top secret. C'est pour ça que l'US Air Force ne révèle rien de ses activités. La Zone 91 est un endroit où le gouvernement garde les créatures extraterrestres qu'il capture. Ils les retiennent enfermées dans des cages. Ils les obligent à livrer leurs secrets technologiques. Comment croyez-vous que l'on a inventé les ordinateurs ? Tout ça vient des extraterrestres. Tenez, voilà une tasse souvenir. Normalement, je les vends dix dollars. Mais je vous l'offre parce que vous avez été blessée.

Helen attrapa une tasse sur un présentoir, l'essuya contre sa manche et me la tendit.

Rachel leva son bout de bois en l'air.

– J'ai pris un bâton de réglisse, dit-elle.

– Tu veux une tasse ? lui demanda Helen.

– Non merci, je préfère les bâtons de réglisse. Je ne crois pas vraiment aux extraterrestres, ajouta Rachel d'un air parfaitement naturel.

Helen se mit alors à sourire.

– Beaucoup de gens y croient, jeune fille. Des gens très intelligents, même. Ceux qui habitent près de la Zone 91 le savent bien. Oui, ils le savent parfaitement bien ! Le gouvernement nous cache la vérité. Ils me surveillent. Ils écoutent tout ce que je dis grâce aux puces électroniques qu'ils ont implantées dans ma tête. Ils écoutent en ce moment même. Un de leurs hélicoptères noirs vole au-dessus de nos têtes pour enregistrer ce que nous disons et le transmettre au quartier général du Nouvel Ordre mondial installé aux Açores, à l'endroit où était située l'île de l'Atlantide. Croyez-moi.

Ce long discours nous laissa momentanément sans voix. Nous étions juste stupéfaits.

– Bien, nous devrions peut-être nous éloigner de la tête d'Helen, finit par dire mon père en tentant d'ironiser. Cassie, ma chérie, est-ce que tu te sens bien ? Tu pourras réussir à marcher ?

– Hum, oui, je pense. Mais, au fait, comment va le cheval ?

Mon père secoua la tête, l'air perplexe.

– Il s'est passé une chose des plus étranges. Il ne reste plus aucune trace de cet animal. Plus aucune.

– Hum... encore un coup des Martiens, reprit

Helen la Folle. Tout est de la faute de ces satanés extraterrestres.

Rachel et moi avons échangé un regard. Et nous avons toutes les deux pensé à la même chose : « Drôle de monde que le nôtre, c'est une personne appelée Helen la Folle qui est la seule à dire des choses sensées. »

CHAPITRE 4

– Vous n'aviez jamais entendu parler de la Zone 91 avant ? C'est la cible préférée des dingues qui voient des complots partout, expliqua Marco entre deux gorgées de soda. Mais ma parole, vous ne surfez jamais sur Internet ou quoi ? Sur Internet, vous rencontrerez plein de gens qui sont persuadés qu'il y a des extraterrestres dans la Zone 91. Ils l'appellent « l'endroit le plus secret de la Terre ».

– Bien sûr que je surfe sur le Net, se défendit Rachel. Simplement, je ne passe pas mon temps dans des groupes dc discussion en prétendant m'appeler Le Tombeur et en essayant de convaincre les gens que je suis un superbe milliardaire de trente ans.

– Je te demande pardon, reprit Marco, mais je n'ai jamais dit que je m'appelais Le Tombeur. Accorde-moi ça. Le pseudonyme que j'utilise est Baldwin Junior de

la Bretèche. Vous savez, l'un des richissimes frères de la Bretèche. Celui qui a disparu mystérieusement et qui, soit dit en passant, avait le plus de classe.

Nous étions tous au centre commercial, dans la galerie où se trouvent les cafétérias et les fast-foods, le lendemain de l'incident survenu dans les terres Arides. Je tenais un grand sac à la main, à l'intérieur duquel il y avait plusieurs autres sacs plus petits venant de divers magasins d'habillement. C'est Rachel qui m'avait entraînée. Malgré tout ce qui s'était passé, elle n'avait pas oublié ma stupide promesse. Et j'avais maintenant une garde-robe. Pas simplement quelques vêtements, non... Une véritable garde-robe !

– Même moi j'ai entendu parler de la Zone 91, dit Jake. Et pourtant, contrairement à Marco, je suis une personne normale.

Marco jeta alors une frite sur Jake. Il l'évita et, d'un geste rapide, Ax l'intercepta en plein vol et la mit dans sa bouche.

– Mmmm. De la graisse. De la graisse et du sel ! s'extasia-t-il.

A ce moment-là, un garçon se dirigea vers la table où nous étions installés. Il paraissait tendu, nerveux. Comme si c'était une expérience effrayante de se retrouver dans un centre commercial. Il ne cessait de jeter des regards derrière lui. Et lorsqu'il vous regardait droit dans les yeux, il plissait les paupières, comme s'il était myope.

– Hé Tobias, fit Marco. On était sur le point de commander des pizzas. Est-ce que tu veux de la chair de souris sur la tienne ?

Je devrais peut-être marquer une pause et vous expliquer qui sont toutes ces personnes. Sans ça, comment pourriez-vous deviner qu'ils font tous partie du groupe des Animorphs. Pour commencer, il y a Jake. C'est plus ou moins lui le chef. Non pas qu'on le traite comme tel. Ni qu'il revendique ce titre. Et c'est bien pour ça, justement, qu'il est notre chef : parce qu'il ne supporterait pas qu'on lui lèche les bottes.

Ensuite, il y a Marco. Qu'est-ce que je pourrais bien vous dire sur lui ? En tout cas, je serai toujours moins bavarde qu'il ne pourrait l'être sur ce sujet.

Marco est le rigolo de la bande. Mais il n'est pas le pitre classique. Car, sous ses blagues un peu lourdes et ses taquineries, se cache quelqu'un de grave. Il remarque des choses qui échappent quelquefois aux autres. Il est très intelligent et très malin, si vous voyez ce que je veux dire.

Marco est le meilleur ami de Jake. Et depuis longtemps. Personne ne pourrait dire quand a commencé leur amitié. Ce qui est sûr c'est qu'ils passent leur temps à se chamailler pour des riens. Il y en a un qui va prétendre qu'il vaut mieux utiliser le joystick plutôt que les commandes de la console pour gagner à ce stupide jeu vidéo qu'ils adorent ; ou alors que Batman est plus fort que Spiderman, ou que le basket est un jeu plus collectif que le football, ou même que le fromage peut avoir le goût du jaune. Et je ne vous raconte pas d'histoires. Un jour ils ont passé une soirée entière à se disputer pour décider si oui ou non quelque chose pouvait avoir le goût d'une couleur. Il me semble que Marco pensait qu'en fait le fromage avait le goût du vert.

Malgré tout, Jake, Marco, Rachel et moi sommes les membres des Animorphs les plus normaux. Les deux derniers sont franchement les plus bizarres.

Prenez Tobias. Tobias est un adolescent prisonnier dans le corps d'un faucon à queue rousse. Voilà ce qui arrive quand on morphose pendant plus de deux heures : on reste coincé dans cette animorphe. Tobias vit dans la forêt, près d'une clairière, et il se nourrit de souris et de lapins. Mais une créature très puissante qui se nomme l'Ellimiste lui a récemment rendu le pouvoir de morphoser. Désormais, il peut de nouveau se transformer comme nous. Sauf que, tout comme nous devons reprendre notre forme humaine au bout de deux heures, Tobias, lui, doit redevenir un faucon.

Donc, le Tobias qui venait à notre rencontre au centre commercial était en fait l'animorphe de son ancien corps humain. C'est pour ça qu'il avait l'air myope ; car il est plus habitué à la vue perçante du rapace.

Il pourrait conserver sa forme humaine, mais alors il perdrait son pouvoir de morphoser.

Vous êtes un peu perdu ? Vous n'avez encore rien vu.

Le dernier membre de notre groupe n'a rien d'un humain. Son nom complet est Aximili-Esgarrouth-Isthil. Mais nous l'appelons Ax.

Ax est un Andalite. Mais il possède aussi une animorphe humaine qu'il a créée à partir de particules d'ADN provenant de Jake, Marco, Rachel et moi.

Dans son animorphe humaine, Ax est étonnamment beau pour un garçon. Et très bizarre. Car il faut que vous sachiez que les Andalites n'ont pas de bouche. Donc ils ne savent pas ce qu'est le goût. Or, lorsque Ax devient humain, il a une bouche et aucune idée de ce qui se mange ou non. Il vaut mieux faire attention à lui

lorsqu'il se trouve en présence de beignets à la cannelle, de chocolat ou de pop-corn. Et encore plus de boîtes de pop-corn.

En fait, lorsqu'il prend une forme humaine, Ax devrait rester à distance de tout ce qui peut s'avaler. On a déjà dû l'empêcher de manger des mégots de cigarette ! Mais attention, comprenez-moi bien : Ax est quelqu'un de bien, une personne intelligente et courageuse... quand il est dans son corps à lui.

– Alors, quoi de neuf ? demanda Tobias.

Six paires d'yeux scrutèrent discrètement les environs. Il n'y avait pas grand monde dans le centre, et il était encore trop tôt pour qu'il y ait beaucoup de gens attablés. Mais nous devions nous assurer que personne ne pouvait nous entendre. Nos ennemis pouvaient se cacher sous n'importe quels traits et être partout.

– Rachel et Cassie sont allées jusqu'à la Zone 91 et elles ont vu des chevaux qui donnaient des coups de téléphone, expliqua Marco.

Les yeux de Tobias se posèrent sur moi, puis sur Rachel. Il avait un air grave. Il avait presque oublié comment les visages humains pouvaient exprimer des sentiments. Mais c'était toujours notre Tobias.

– Est-ce que quelqu'un pourrait traduire en langage clair les élucubrations de Marco ?

– Je crois bien que je te préfère encore en poulet, rétorqua celui-ci.

– Tu veux dire en faucon à queue rousse, le corrigea Tobias sans s'énerver.

Marco haussa les épaules.

– Poulet, pigeon, faucon... qu'est-ce que ça peut faire ?

– Hum, et si nous revenions à nos moutons avant que quelqu'un ne nous interrompe ? proposa Jake.

– Bien papa, fit Marco.

Puis, reprenant instantanément un ton très sérieux, il mit Tobias au courant de la situation en quelques mots bien choisis.

– Des Yirks dans des chevaux, fit Rachel. Ça ne rime à rien. Pourquoi voudraient-ils transformer des chevaux en Contrôleurs ?

– Est-ce que les chevaux ont des pouvoirs spéciaux... spppééccciaux ? demanda Ax.

Non seulement il prenait un grand plaisir à goûter les aliments, mais il trouvait aussi que parler à voix haute était quelque chose de très bizarre.

Je haussai les épaules.

– Ce sont des animaux qui vivent en troupeaux. Ils ne sont pas très malins. En fait, ils sont même plutôt bêtes. Ils peuvent courir vite, mais il existe beaucoup d'animaux qui courent plus vite encore. Ils sont forts, mais beaucoup d'animaux sont plus forts encore.

Je haussai de nouveau les épaules.

– Je ne vois pas pourquoi les Yirks voudraient infester des chevaux.

– Ils croient peut-être qu'ils pourraient remporter le Prix d'Amérique, plaisanta Rachel.

– Peut-être que c'est un jeu bizarre des Yirks, hasarda Jake, que ça les amuse.

– Je ne crois pas que les Yirks sachent ce que c'est que s'amuser, prince Jake. Il y a sûrement une raison.

– Ax, s'il te plaît, ne m'appelle pas prince Jake. Surtout pas en public.

– Oui, prince Jake. Jaaaakke.

– Vous êtes bien sûres, demanda Jake en s'adressant à Rachel et à moi, c'est bien un Yirk que vous avez vu ? Ça ne peut pas être un serpent, un escargot ou un machin dans le genre ?

– Et si ton père avait raison ? Si ça n'était pas un éclat de lumière dû au rayon Dracon mais un obus militaire qui aurait explosé ? suggéra Tobias.

– On ne met pas votre parole en doute, ajouta Jake précipitamment, mais c'est qu'on ne voit pas de raison valable à ce que les Yirks infestent les chevaux.

Je lançai un regard à Rachel. J'étais sûre de ce que nous avions vu. Enfin, presque.

– Eh bien… je suis sûre de moi… à quatre-vingt-dix-neuf pour cent.

– Oui, c'est pareil pour moi, fit Rachel.

– Alors, on fait quoi ? demanda Jake. On va faire un tour dans les terres Arides, histoire de voir si on peut trouver des preuves ?

– J'adore voler là-bas, fit Tobias, il y a plein de courants porteurs très agréables.

– Et plein de serpents et de crapauds délicieux, lança Marco sur un ton faussement innocent.

– Impossible d'y aller demain, nous précisa Jake. C'est l'anniversaire de mon père. On va tous dîner au restaurant.

– Tom aussi ?

– Il a dit qu'il serait là, répondit Jake en s'assombrissant. Mais qui sait ? Il passe beaucoup de temps aux réunions du Partage en ce moment. Raison de plus pour que je sois là. Mon père ne va pas fêter son anniversaire sans qu'au moins un de ses fils soit présent.

– Qu'est-ce que tu lui as acheté ? demandai-je pour détendre l'atmosphère.

Jake fit un grand sourire.

– Rien pour le moment, mais je crois que je vais nettoyer les gouttières à sa place.

Marco frissonna.

– Quoi ? Un travail physique ? Tu n'aurais pas pu te contenter d'un petit mot sur une carte d'anniversaire ?

– Toute cette histoire autour des chevaux m'intrigue beaucoup, fis-je, mais on pourrait reporter ça à ce week-end.

– Ça vaut le coup de vérifier tout ça, admit Jake, mais inutile qu'on y aille tous ensemble. Qui veut accompagner Cassie demain après l'école ?

Finalement, nous avons décidé Tobias, Rachel, Marco et moi d'y aller ensemble. Jake était occupé à autre chose et je crois que, pour Ax, tout ça n'avait pas beaucoup de sens. Nous nous sommes séparés et nous nous sommes éloignés, chacun dans une direction. Nous essayons d'être vus ensemble le moins souvent possible en public. Nous ne voulons pas que des Contrôleurs curieux s'aperçoivent que nous formons une bande. Rachel et moi sommes cependant parties ensemble ce qui n'avait rien d'anormal.

– Personne ne nous prend vraiment au sérieux, tu ne crois pas ?

– J'ai l'impression qu'Ax nous prend pour des demeurées.

– Des Yirks à l'intérieur des chevaux ? Des chevaux-Contrôleurs ? Difficile de voir là une grande menace pour nous.

– Ouais, tu as sûrement raison.

– Mais, toutes les excuses sont bonnes pour voler un peu, non ?

CHAPITRE 5

Le jour suivant, je mis mes vêtements neufs pour aller à l'école. Je rejoignis Rachel avant le premier cours et, ensemble, nous nous sommes dirigées vers la salle de classe en passant par le grand hall. J'étais là, aux côtés de la reine de la beauté et du bon goût.

– Tu es géniale comme ça, dit Rachel.

– Salut Rachel, fit un garçon nommé Charles avec un sourire embarrassé, et salut… euh… Carla.

– Tu vois, il t'a fait un sourire.

– Tu parles, il m'a appelée Carla.

– Est-ce qu'il t'avait déjà adressé la parole ?

– Je ne crois pas.

– Eh bien, il y a du progrès.

Marco adore faire enrager Rachel en l'appelant princesse Xéna. Et quand je suis avec elle, je me prends pour Gabrielle, sa fidèle compagne. Les garçons remarquent toujours Rachel en premier… et en deuxième… et en troisième. Ensuite, seulement ils me voient.

Personnellement, ça m'est égal. Je me fiche bien de quoi j'ai l'air et des vêtements que je porte. Et les gens que j'aime savent aussi faire abstraction de tout ça.

– Hé Rachel, comment ça va ? demanda un certain Jawan, un sourire timide aux lèvres.

– Ça va, répondit-elle sèchement. Cassie, tu connais Jawan ?

Je haussai les épaules.

– Salut.

– Salut Kendra. A tout à l'heure Rachel, en cours d'anglais.

– Kendra ? fis-je en l'interrogeant du regard.

– D'accord, mais il t'a regardée avec insistance, alors je ne vois pas où est le problème.

– Il connaît bien ton nom, en tout cas.

A ce moment précis, j'aperçus un garçon du nom de Joe. Joe était un bon camarade à moi quand nous faisions de l'équitation tous les deux. Lui au moins saurait comment je m'appelle.

– Salut Cassie. Waouh ! Il y a quelque chose de changé chez toi.

Il fit un pas en arrière pour mieux m'observer.

– C'est peut-être les fringues, avança Rachel.

Joe fit non de la tête.

– Non, ce n'est pas ça. Ça y est, fit-il en claquant des doigts, on dirait que tu as pris du poids. Est-ce que tu ferais de la musculation par hasard ?

Rachel leva sa fine main vers le garçon et l'écarta d'un geste dédaigneux.

– Ça ne prouve rien, grogna-t-elle.

– Si, si. J'ai l'air plus grosse qu'avant.

– Les garçons sont quelquefois des imbéciles.

– Non, pas Jake.

Rachel prit un air agacé.

– Jake est l'exception qui confirme la règle. Tiens, le voilà d'ailleurs.

Jake se baladait dans le couloir, occupé à bavarder et à plaisanter avec ses amis non Animorphs. Nous devons en effet continuer autant que possible à mener une vie normale.

– Salut Cassie, fit-il en s'éloignant de son groupe d'amis, salut Rachel.

Rachel fit un pas en arrière et me désigna du doigt tel un grand couturier faisant admirer son dernier modèle.

– Alors ?

– Alors quoi ? fit Jake sans comprendre.

– Les fringues, les fringues, voyons ! hurla Rachel, exaspérée. Tu ne trouves pas que Cassie est super dans ces nouveaux vêtements, des vêtements qui, pour une fois, sont à sa taille, et qui ne sont pas couverts de chiures de raton laveur ? Est-ce qu'elle n'est pas superbe comme ça ?

Un sourire illumina progressivement le visage de Jake.

– Bien sûr qu'elle est superbe. Et ce n'est pas nouveau. Bonne chance pour votre excursion de cet après-midi dans les terres Arides. Surtout, pas d'imprudence.

Il s'éloigna en me laissant toute rougissante de plaisir.

Rachel se tourna vers moi.

– C'est un idiot, comme les autres.

– Non, c'est toi qui as raison. Il est l'exception.

En arrivant devant la salle de classe, je soupirai, comme je le fais toujours avant la première heure de cours. L'atmosphère de la pièce était lourde et on manquait d'air. Les fenêtres donnaient sur le triste mur de brique du gymnase.

Je gagnai ma place en essayant de me rappeler ce

qu'il y avait à préparer. Est-ce que j'avais fait mes devoirs hier soir ? Ah, si. Je les avais rangés dans...

– Non, non, c'est pas vrai !

C'était la voix de Marco. Il est assis deux rangs derrière moi. Mais il sauta par-dessus la première rangée et se faufila à la place à côté de moi. Il me regarda, les yeux écarquillés. Un peu trop, d'ailleurs.

– Quelle est cette vision enchanteresse ? De quel conte de fées est sortie cette merveille ? Excusez-moi, mais ne seriez-vous pas Janet Jackson ? Non, non, vous êtes trop belle pour être une mortelle. Une telle perfection n'est pas humaine. Vous êtes un ange tombé du ciel ! On dit que les vêtements vous changent un homme, mais ces vêtements-là vous font ressembler à une princesse.

Je sortis mes devoirs et je les mis sur mon bureau.

– C'est bon, tu as fini ? demandai-je à Marco.

Il réfléchit une demi-seconde puis hocha la tête.

– Oui, ça devrait suffire.

– Rachel t'a donné combien ?

Il éclata de rire.

– Deux dollars. Les filles sont quelquefois tellement bêtes... J'aurais pu faire la même chose pour un seul dollar.

CHAPITRE 6

Il était convenu qu'on se retrouverait au Centre de sauvegarde de la vie sauvage. Je donnai vite fait leurs médicaments aux animaux. Ce n'était pas une semaine très chargée. La moitié des cages seulement étaient occupées, ce qui est très inhabituel.

– Tu es prête ? demanda Rachel.

– Il faut juste que je jette un œil sur le bandage de l'opossum. Bien. Les sutures tiennent bon. Tu es un gentil petit gars, fis-je en m'adressant à l'animal qui avait une patte abîmée. C'est bon, je suis prête maintenant.

– Pourquoi tu lui parles, il ne peut pas te répondre ? fit remarquer Marco.

Tobias était tout là-haut, sur une poutre. Il avait repris son apparence de faucon, cette fois encore, un faucon marron sur le dos et brun devant, avec une

queue tirant sur le roux. Ses yeux avaient la couleur de l'or et une intensité qui n'avait rien d'humain.

Comme il avait morphosé, il s'exprimait en ayant recours à la parole mentale.

< Le chemin est libre, fit-il en s'adressant à moi, ta mère vient juste de rentrer dans la maison et la camionnette de ton père sort du carrefour près de la station d'essence. Il sera là dans cinq minutes. >

Je croyais Tobias sur parole. Les faucons ont une vision incroyable. De son perchoir sur les poutres, il pouvait scruter l'horizon par la porte de la soupente qui était ouverte. Et s'il disait que mon père serait là dans cinq minutes, c'est qu'il serait là dans cinq minutes.

– Il est temps de morphoser, fit Rachel.

Elle ôta ses vêtements et les rangea bien soigneusement dans son sac à dos. En dessous, elle portait sa tenue d'animorphe. Voyez-vous, nous n'avons pas encore réussi à morphoser dans nos vêtements de tous les jours. Nous pouvons seulement porter des choses qui collent à la peau. Comme le justaucorps noir que porte Rachel. Ou ma tenue de gym, qui est dans des tons plus colorés. Ou encore, le short de cycliste de Marco.

Je concentrai mes pensées sur l'animorphe que je m'étais choisie : le balbuzard, qui est une sorte d'aigle qui se nourrit surtout de poissons et qui vit près des rivières. C'était un bon choix, surtout si on avait à voler un certain temps.

Rachel, elle, morphosait en aigle, son oiseau de proie de prédilection. Marco, lui, a choisi le balbuzard, tout comme moi. En fait, nous devenons le même oiseau, vu que l'ADN qui nous sert à morphoser provient du même animal.

Je pensai très fort au balbuzard et, ce faisant, je sentis les changements qui commençaient à s'opére.

Morphoser est toujours quelque chose de fascinant pour moi. Je l'ai déjà fait des douzaines et des douzaines de fois mais, à chaque fois, je pense à la chance que j'ai d'avoir ce pouvoir. Je ne m'en lasserai jamais. C'est vivre l'expérience d'une transformation complète et totalement ahurissante.

On ne morphose jamais deux fois de manière identique. Il y a toujours de l'imprévu. Ça ne se passe pas toujours comme on s'y attend. Les choses arrivent souvent de façon totalement insensée et on ne sait jamais vraiment par où ça va commencer.

Cette fois-là, ce furent mes jambes qui

commencèrent à se transformer. Je conservais ma taille habituelle, mais mes jambes se changeaient en pattes d'oiseau. Mes cinq orteils disparurent ensemble et furent remplacés par de longues serres, trois devant, et une tournée vers l'arrière. En regardant vers le sol, je compris pourquoi les gens pensaient que les oiseaux étaient les descendants des dinosaures, car une serre d'aigle ressemble à s'y méprendre à la patte d'un tyrannosaure ou de quelque autre gros prédateur de la même famille.

Les serres de l'aigle font partie de ces choses qui font penser instantanément à une arme. Elles sont décharnées et ne possèdent pas de plumes pour ne pas que le sang de la proie s'y colle et puisse devenir source d'infection. Elles sont rapides, agrippent très solidement et ne lâchent pas facilement prise. La griffe qui se trouve au bout des serres ne sert pas seulement à se tenir sur une branche ou à avancer sur le sol : elle pénètre directement dans la chair de la proie.

J'ai appris de mes parents que la nature n'est pas toujours accueillante et douce.

– Elle a de jolies gambettes, de jolies gambettes…

Marco fredonnait les paroles d'une vieille chanson. Il se mit à rire, mais son rire s'arrêta net quand sa bouche prit tout à coup l'aspect d'un bec de balbuzard.

Ensuite, ce fut ma peau qui se mit à changer. Elle devint plus claire et prit une teinte grisâtre. Et je vis des crevasses se dessiner sur toute la longueur de mes bras. Ces aspérités avaient la forme de plumes, comme des arbres minuscules qu'on aurait écrasés, et on voyait tout un réseau de ridules qui se croisaient, comme les tuiles sur un toit.

Puis, ondulant sur tout mon corps, ces ridules se décollèrent et se relevèrent pour devenir de vraies plumes.

C'était indolore, mais ça grattait terriblement. Je résistai, car déjà mes doigts n'en étaient plus vraiment. Mes phalanges s'étaient allongées et, en même temps, les os de mes bras craquaient et rétrécissaient, devenant plus légers, remplis d'air et creux.

Les os grincent bizarrement quand on morphose. C'est plutôt déstabilisant les premières fois que ça arrive, et c'est un euphémisme.

Enfin, je me mis à rétrécir. Le sol se rapprochait à toute allure. Bien que ça me soit déjà arrivé des dizaines de fois, je ne peux pas m'empêcher d'avoir la sensation de chuter, chuter sans fin.

J'avais laissé mes bottes à côté de moi. Ce sont des bottes en caoutchouc qui montent jusqu'à mi-mollet. Mais, comme je rétrécissais, elles semblaient grandir, pour m'arriver à la taille en un éclair.

Et je continuais de rétrécir !

Au même moment, mes organes internes se mirent à se transformer et à se réorganiser. Mes intestins d'être humain, longs et tout emmêlés, disparurent pour laisser place au système digestif beaucoup plus simple d'un oiseau. Mon cœur humain, lent et au rythme saccadé, fit place au cœur du balbuzard, qui bat à toute vitesse. Reins, poumons, foie : tout se transforma.

Puis… pfuuuiiiit ! ce fut au tour de mes lèvres de gonfler encore et encore pour soudain devenir plus dures que des ongles. J'avais maintenant le bec courbe et coupant de l'aigle.

Je sentis mes dents pour ainsi dire disparaître. Je sentis mon front s'effacer et ma poitrine devenir plus étroite. Toute la graisse qui m'enrobait disparut pour ne laisser que de la peau, du muscle et des os creux, le tout habillé de plumes.

Je m'aperçus que plusieurs des animaux enfermés dans des cages nous regardaient avec beaucoup d'intérêt. Pas autant cependant que le renard blessé qui semblait fasciné par la manière dont nous étions passés d'humains immenses et dangereux à l'état d'oiseaux minuscules et appétissants. Il me regardait avec des yeux brillants et affamés.

< On ferait mieux d'y aller, conseilla Tobias. On devrait être loin d'ici avant l'arrivée du père de Cassie. >

< Ouais, on pourrait croire qu'on est là pour ouvrir les cages et délivrer les autres oiseaux. >

J'ouvris mes bras tout grands. Mais à la place des bras, j'avais des ailes.

< Je suis prête. Et toi Rachel ? >

Je la regardai. Ses yeux humains étaient en train de changer de couleur. Elle me regarda à son tour, et ses yeux avaient maintenant l'intensité de ceux de l'aigle.

< Allons-y. >

< Envolons-nous >, fis-je.

Je déployai mes ailes. Elles battaient et battaient, les plumes dirigées vers le sol. Encore et encore. Encore et encore. Je rentrai mes serres et redoublai d'efforts. Mes pattes quittèrent le sol de la grange. Ça n'était pas facile car nous étions dans un espace étroit et clos, sans courant d'air.

Je battis des ailes et parvins à me soulever jusqu'à

la soupente où je me perchai à côté de Tobias. Rachel vint se poser juste en face de nous. Elle était presque deux fois plus grosse que nous et avait des ailes qui avait pratiquement deux mètres d'envergure. Sa tête et sa queue étaient d'une blancheur éclatante.

Je jetai un regard dehors par la fenêtre de la soupente. Je voyais avec mes yeux de balbuzard. Les humains sont aveugles en comparaison. Je vis la camionnette de mon père qui prenait le chemin poussiéreux qui mène jusqu'à notre ferme. Je voyais son visage derrière le pare-brise. Je distinguais même la racine de ses cheveux. Si, à cet instant précis, une mouche s'était posée sur son nez, j'aurais pu voir ses antennes frémir.

Mon père était encore à deux cents mètres de nous. Je levai les yeux vers le rectangle bleu et blanc au-dessus de ma tête.

Je déployai mes ailes et me lançai dans le vide. Je m'engouffrai ensuite par la fenêtre pour rejoindre les nuages.

Il y a des moments où ce n'est pas très marrant d'être un Animorphs, mais ça n'est certainement pas quand on vole.

CHAPITRE
7

Voler ne s'improvise pas. Par chance, c'était le cerveau du balbuzard qui s'occupait presque entièrement de ça. Grâce à lui, ma queue fonctionnait comme la barre d'un navire, il faisait en sorte que mes ailes prennent le bon angle. Mais mon cerveau à moi continuait aussi à exister, et j'avais conscience que je volais.

Il fallut battre vigoureusement des ailes pour prendre un peu d'altitude et s'élever au-dessus de la grange et de la maison. Au bout de quelques secondes à peine, nous étions assez haut dans le ciel pour que je repère le frisbee orange que j'avais lancé par accident sur le toit de ma maison. Nous dessinions des cercles pour lutter contre la pesanteur et j'aperçus mon père qui arrêtait sa camionnette près de la boîte aux lettres pour voir s'il y avait du courrier.

Nous continuions à nous élever dans les airs, et je

pouvais maintenant voir la fenêtre du salon et ma mère, la tête en arrière et les yeux clos, qui se relaxait après sa journée de travail.

< Par ici >, cria Tobias à notre attention.

Nous le suivîmes, Rachel et moi. Tobias se sent chez lui dans le ciel. Il ne se perd jamais. Rachel et moi ne sommes que des visiteurs occasionnels.

< Vous voyez là-bas, vers l'est ? Vous voyez comme les nuages s'accumulent ? Cette légère ondulation du ciel ? >

Je regardai avec mes yeux perçants de balbuzard et je vis effectivement l'air qui tremblait sous l'effet de la chaleur, un peu comme lorsque l'on voit l'horizon qui ondule les jours de canicule. Mais ce que je distinguais était à plus de cinq cents mètres.

< Oui, fis-je. Je la vois. Est-ce que c'est un thermique ? >

< Oui, et un gros. Grâce à lui, on prendra mille mètres d'altitude en un clin d'œil ! >

Après tout ce temps passé dans les airs, voler reste pour Tobias une expérience fantastique. Je crois bien que si j'étais à sa place, je ressentirais la même chose. Voler est quelque chose d'unique.

Nous avons continué à évoluer dans les airs en

étant séparés de quelques centaines de mètres les uns des autres afin qu'on ne s'aperçoive pas que nous étions ensemble. Il faut dire que les faucons à queue rousse, les aigles chauves et les balbuzards volent rarement en formation serrée.

Je sentis mes muscles se fatiguer. C'est dur de battre des ailes ! Mais une fois que nous aurions atteint le thermique, les choses deviendraient plus faciles. Un thermique est une colonne d'air chaud ascendant. Il suffit d'ouvrir les ailes pour qu'il vous emporte vers les cieux avec une dépense d'énergie minime. Quel soulagement quand je l'atteignis ! Je sentis de l'air chaud tournoyer et me soulever. Et je m'envolai vers le ciel, toujours plus haut !

< Waouh ! C'est génial ! Génial ! > hurla Rachel.

< Je dirais même plus, c'est génial >, plaisanta Marco.

Nous continuions à monter et à nous croiser et nous recroiser en formant des cercles. Nous exécutions un ballet aérien d'une grâce exceptionnelle.

Le sol s'éloignait de plus en plus. A présent, même notre ouïe excellente de prédateurs ne percevait plus le bruit qui émanait des voitures, des boutiques et des maisons.

Nous grimpions encore et encore et les arbres les plus hauts ne nous apparaissaient pas plus grands que des buissons. Les jardins avaient à présent la taille de timbres-poste et les routes ressemblaient à des rouleaux de réglisse déroulés.

Tout ce qui était en dessous de nous continuait à rétrécir, et pourtant je percevais toujours avec la même acuité, spécialement ce qui ressemblait à des proies, comme les chats en mouvement, les chiens, les souris et certains oiseaux.

< Regardez ! fit Tobias, un vol d'oies sauvages ! >

Je les aperçus au-dessus de nos têtes. Elles prenaient la même direction que nous, mais seulement elles volaient en formant un V bien serré.

< Rattrapons-les ! > criai-je.

Tobias se mit à rire.

< C'est ça, tu as raison. Tu vois comme elles volent ? Elles ne s'arrêtent jamais de battre des ailes. Elles sont comme des machines. Elles peuvent parcourir des centaines de kilomètres. Tu as déjà vu un chien courir après une voiture ? Ça donnerait la même chose si on essayait de les rattraper. >

Il avait raison. Les oies continuaient d'avancer à vive allure. Elles furent bientôt loin devant nous.

< On va mettre combien de temps encore pour atteindre les terres Arides ? >

< On n'est pas arrivés, répondit Tobias. Mais on vole très haut maintenant et ça va nous aider. >

< J'ai hâte d'y être, fit Marco. La Zone 91 : nous allons pénétrer au cœur de la conspiration fomentée par le gouvernement pour cacher l'existence d'une vie extraterrestre ! >

< Marco, arrête de faire l'idiot ! lança Rachel. Nous connaissons de vrais extraterrestres. On sait bien qu'ils ne ressemblent pas à E.T. ou aux bestioles qu'on montre dans les livres. Et on sait aussi que ces extraterrestres-là ne s'amusent pas à kidnapper des abrutis arriérés pour faire leurs expériences. >

< Peut-être qu'il existe deux sortes d'extraterrestres, insista Marco, peut-être qu'il y a ceux qui ont atterri ici par accident dans les années cinquante et les Yirks, qui sont arrivés plus récemment. >

< T'as raison, Mulder, railla Rachel, notre planète est le point de rencontre de toutes les formes de vie non terriennes. Nous sommes l'arrêt-pipi sur la grande autoroute de la galaxie. >

Ils continuèrent un bon moment à se chamailler et je me dis alors, et ce n'était pas la première fois, que

ma vie était vraiment devenue bizarre : j'étais à plus de mille mètres d'altitude en train d'écouter un aigle chauve et un balbuzard se disputer à propos de l'existence des extraterrestres. Et ils s'exprimaient par parole mentale ! Ben voyons !

A un moment donné, j'arrêtai de les écouter. Tout est silencieux là-haut. Pas un bruit ne monte du sol. Le silence complet. On entend quelquefois le moteur d'un avion qui passe à proximité, à quelque cinq mille mètres au-dessus de nos têtes... Mais la plupart du temps, il n'y a que le léger bruissement des battements d'ailes et du vent qui glisse le long des plumes.

Nous nous sommes servis de l'altitude que nous avait permis d'atteindre le premier courant ascendant pour aller ensuite de thermique en thermique. Nous sortions d'une colonne d'air chaud pour sauter dans une autre qui nous emportait de nouveau plus haut.

Et au bout d'un certain temps, les routes devinrent moins nombreuses et de plus en plus étroites. Il y avait aussi moins d'habitations. Des kilomètres séparaient les stations d'essence. J'aperçus des moutons et des vaches qui paissaient çà et là dans des champs.

Et ensuite, les vaches et les moutons disparurent en même temps que les dernières maisons et les rares magasins. En bas, le sol était aride, recouvert seulement de rares herbes jaunies et quadrillé de barrières en barbelés.

< Hé, fit Tobias, regardez le panneau là-bas, près du chemin de terre. >

Je tournai mes yeux de balbuzard dans la direction indiquée et pus lire :

ENTRÉE INTERDITE

PROPRIÉTÉ DE L'ÉTAT – NE PAS PÉNÉTRER

SEUL LE PERSONNEL EST AUTORISÉ A FRANCHIR CETTE LIMITE

TOUT CONTREVENANT FERA L'OBJET

DE POURSUITES PÉNALES

< Mon petit doigt me dit que c'est ici que commence la Zone 91 >, fis-je.

< Charmant accueil, pas vrai ? > commenta Rachel.

< Si tu essayais de dissimuler un complot du gouvernement visant à cacher l'existence d'un vaisseau spatial, tu serais tout aussi paranoïaque >, constata Marco.

Je ne savais pas très bien s'il plaisantait ou non. Avec Marco, c'est quelquefois difficile de savoir.

La base appelée Zone 91 était maintenant dans mon champ de vision. Elle se composait d'une multitude de

baraquements très laids qu'on aurait dit vieux de quarante ans. Il y avait aussi trois bâtiments gigantesques qui ressemblaient à des hangars pour les avions. Sans oublier une piste d'atterrissage. Mais aussi des dizaines de véhicules : des camions, des jeeps et même quelques tanks. Et il y avait des chevaux, qui gambadaient ça et là dans la base, comme si de rien n'était.

< Marco, murmura Rachel, je connais une personne que tu adorerais. On l'appelle Helen la Folle... parce qu'elle est aussi cinglée que toi. >

< Mettons-nous à la recherche de ces chevaux, fis-je, je crois que c'est le bon endroit pour commencer notre enquête. >

< Tu parles de ces chevaux qui passent des coups de téléphone, dit Tobias, ceux qui sont des chevaux-Contrôleurs ? >

A la manière dont il avait prononcé ces paroles, on aurait dit qu'il ne croyait pas beaucoup à tout ça.

< On a vraiment vu un Yirk qui sortait de l'oreille de cet animal >, insista Rachel, sur la défensive.

< Et un rayon Dracon lancé par un vaisseau Cafard a failli nous faire griller >, ajoutai-je.

< Vous ne l'avez pas vraiment vu, pourtant, ce vaisseau Cafard. Et avec ces yeux d'humain ridicules, qui

peut dire si c'était bien une limace yirk et non pas un bon vieux serpent ? Maintenant que je peux redevenir humain, je me rends vraiment compte à quel point vous autres les hommes êtes aveugles. >

< Tobias, comment peux-tu mettre notre parole en doute ? > grogna Rachel.

< Je n'ai pas dit que je ne vous croyais pas. C'est juste que tout ça n'a pas de sens. Pourquoi les Yirks voudraient-ils infester une poignée de chevaux sauvages ? >

< Je n'en sais rien, répondis-je. Mais je sais ce que j'ai vu. >

< Là ! s'exclama Rachel. Un groupe de chevaux. Là-bas, près du point d'eau. Ce sont peut-être ceux que nous cherchons ! >

Nous avons plongé vers la gauche, dans leur direction. Il y avait une demi-douzaine de juments, deux poulains dégingandés et un grand étalon qui se tenait un peu à l'écart sur un terre-plein. L'étalon reniflait la brise, le nez en l'air.

< Ce ne sont pas eux >, fis-je.

< Comment peux-tu en être sûre ? >

< Parce que leur comportement est typique des chevaux. Les juments sont accompagnées de leurs

poulains et l'étalon agit comme un étalon. Les chevaux que nous recherchons ne se conduisent pas comme ça. >

< D'accord. Alors vous, vous démorphosez, fit Tobias. Vous avez pratiquement atteint la limite des deux heures. Il y a des rochers par là-bas. Vous pourrez vous mettre à l'ombre et à l'abri des regards. >

Nous nous sommes dirigés vers les rochers et avons retrouvé la terre ferme. Ces rochers n'avaient rien de spécial, il s'agissait juste d'un amas de cailloux comme tant d'autres. Sauf que nous avions négligé un détail essentiel : ils se trouvaient dans la zone indiquée par le panneau qui avertissait en ces termes : « Tout contrevenant fera l'objet de poursuites pénales. »

CHAPITRE 8

Après avoir atterri sur les rochers, nous avons démorphosé. C'était un endroit charmant et isolé. Nous étions encerclés par des blocs de pierre et, sous nos pieds, il y avait du sable fin. Vu notre position, impossible de nous repérer.

Tandis que Marco, Rachel et moi reprenions notre apparence humaine, Tobias vint se poser tout près de nous. Évidemment, comme chaque fois que nous démorphosions, nous portions notre tenue d'animorphe et nous étions pieds nus.

Le soleil frappait dur, mais nous étions presque entièrement à l'ombre. Une brise chaude sifflait entre les rochers.

– Ce qu'il nous faudrait maintenant, c'est de quoi pique-niquer, fit Marco. Tobias, va nous chercher quelques rats juteux et des crapauds bien gras.

< Pas la peine, répondit-il assez froidement, tu n'as qu'à manger le serpent sur lequel tu es assis en ce moment. >

– Aaahhh ! hurla Marco en bondissant sur ses pieds et en se frottant le derrière comme un dément.

Un petit serpent tout noir s'échappa du tas de sable chaud sur lequel Marco était assis l'instant d'avant.

– Il m'a mordu ! Je vais mourir ! Je me suis fait mordre l'arrière-train par un crotale !

< Ce n'est pas un crotale, et il ne t'a pas mordu. Ce n'est qu'un petit serpent inoffensif. >

– Il n'y a pas de serpent inoffensif, marmonna-t-il. Mais garde tes yeux de faucon grands ouverts au cas où un serpent à sonnette s'approcherait de moi.

< D'accord, je protégerai ton précieux derrière des morsures de serpent, Marco >, déclara Tobias sur un ton très solennel.

– Nous n'avons qu'à remorphoser, proposa Rachel, pas besoin de se reposer. Je me sens en pleine forme.

– Rien ne presse, non ? fis-je.

L'animorphe est un processus très éprouvant. Il nous est arrivé quelquefois d'avoir à morphoser à toute vitesse sans prendre le temps de faire une pause entre nos changements d'apparence. Mais ça n'est pas la meilleure façon de procéder. On se sent beaucoup plus en forme si on attend un peu.

Rachel haussa les épaules.

– Non, fit-elle, il n'y a pas urgence.

Elle se mit sur la pointe des pieds et scruta les blocs de pierre qui nous entouraient. Le vent qui continuait de souffler s'engouffra dans ses cheveux et les rabattit sur son visage.

– On se croirait dans un vieux western. Comme si les gentils se cachaient ici dans les rochers pour échapper aux méchants. Il ne nous manque plus que des Winchester et des revolvers.

Clic Clac !

< Qu'est-ce que… >

Clic clac – Clic clac !

Ce bruit me glaça le sang. Je l'avais déjà entendu pour de vrai. Et je l'avais aussi entendu des milliers de fois dans des films. On ne pouvait pas se tromper : c'était le bruit fait par des fusils qu'on armail.

Je levai les yeux et là, au-dessus de nous et pointés sur nos têtes, je vis la gueule noire de fusils automatiques.

J'étais tellement fascinée par leur vue qu'il me fallut

un certain temps pour remarquer qu'il y avait des hommes accroupis qui tenaient ces armes. Ils portaient des casques recouverts de toile de camouflage, dans les tons beige et brun, les couleurs du désert. Leur uniforme était lui aussi fait de cette même toile.

Et ils n'avaient pas vraiment l'air sympathique.

L'un des soldats se leva et mit les poings sur ses hanches.

– Ok, voilà ce qu'on va faire maintenant. Vous allez tous les trois vous étendre face contre terre et les mains derrière la tête.

« Tous les trois ? » pensai-je. Naturellement, ils croyaient que Tobias était un faucon.

– Mais on ne fait rien de mal, protesta Rachel, sur un ton qui me rappelait celui qu'elle prenait quand nous étions petites et que sa mère nous surprenait en train de fouiller dans sa garde-robe.

– Vous avez pénétré illégalement dans une zone gouvernementale, fit l'homme. Et vous vous êtes mis dans un sacré pétrin. Sergent ! Fouillez-les pour voir s'ils sont armés ou s'ils cachent des produits de contrebande. Et que quelqu'un chasse ce grand aigle défraîchi qui n'arrête pas de me regarder.

– Oui, mon lieutenant.

< Ne dites rien et suivez-les, conseilla Tobias en ouvrant ses ailes pour prendre son envol. Je garde un œil sur vous. Contentez-vous de jouer les imbéciles. >

– Tu as entendu, Marco, murmura Rachel avec un clin d'œil évocateur, reste naturel.

Comme d'habitude, elle n'avait pas peur du tout. Mais il faut dire qu'elle ne sait pas ce que c'est que la peur. Moi, si. Mais c'est parce que je suis parfaitement normale, ce qui n'est pas son cas.

Les soldats sautèrent des rochers et nous fouillèrent rapidement tandis que nous étions étendus sur le sable. Ça ne leur prit pas trop de temps vu que nous portions nos tenues d'animorphe.

– C'est bon, relevez-vous et remettez vos chaussures, ordonna le lieutenant.

Je fis une grimace. Des chaussures ! Je ne voyais pas quelle explication nous allions leur fournir.

– Ils n'en ont pas, mon lieutenant, fit le sergent.

Je vis l'officier qui fronçait les sourcils.

– Hé, attendez une minute. Il y a bien deux kilomètres entre la route et ici. Comment avez-vous pu arriver jusqu'ici sans chaussures ? Je sais pertinemment que pas une seule voiture n'est passée sur

cette route de toute la journée. Alors… j'attends une explication.

Je regardai Rachel qui se tourna vers Marco. Marco fit un large sourire et dit :

– Ce sont les Martiens, mon lieutenant, ce sont eux qui nous ont déposés ici.

CHAPITRE 9

– Je suis le capitaine Torrelli et je suis le responsable de la sécurité sur cette base.

Nous étions dans une pièce minuscule, éclairée par une lumière violente, dans une atmosphère étouffante. Il n'y avait pas de fenêtre. Et chaque fois que la porte s'ouvrait, on voyait un soldat qui portait un uniforme de l'armée de l'air. Un soldat costaud dans un uniforme de l'armée de l'air, avec une petite mitraillette au bras.

Il y avait aussi un panneau d'affichage sur lequel on pouvait lire : « la sécurité est l'affaire de tous », ou encore des panonceaux exhortant les soldats à « atteindre la perfection ».

Mais il y avait aussi quelque chose que j'avais déjà vu quelque part et qui attira mon œil : un prospectus publicitaire pour le Parc, ce complexe immense qui est à la fois un parc d'attractions et un zoo et pour lequel

ma mère travaille comme vétérinaire. Sous la publicité, il y avait une feuille portant de nombreuses signatures.

– Bonjour mon capitaine, ça gaze ?

Le capitaine jeta un regard en direction du lieutenant qui nous avait amenés. Celui-ci se contenta de hausser les épaules.

– Maintenant, les enfants, ouvrez grand vos oreilles. Vous ne vous en rendez peut-être pas compte, mais vous allez avoir de gros ennuis.

– Oui, monsieur, approuvai-je. Nous avons compris que nous avons fait une grosse bêtise. Mais c'est un accident. Nous ne savions même pas qu'il y avait quelque chose dans un coin aussi reculé des terres Arides. Et je vous jure que jamais, jamais on ne remettra les pieds ici si vous nous laissez partir.

Je souriais naïvement. Je fis un petit signe à Rachel, et elle aussi se mit à sourire niaisement. Je priai pour que Marco comprenne ma stratégie et sourie aussi pour que…

– Alors, il est où cet extraterrestre ? demanda Marco.

Au revoir, géniale stratégie…

Le capitaine pinça la bouche si fort que ses lèvres devinrent livides. Puis il déclara :

– Écoute-moi bien, mon garçon. Tu es ici sur une base de l'armée de l'air. Nous ne parlons jamais de ce que nous faisons, mais je peux t'affirmer une chose, c'est qu'il n'y a pas d'extraterrestres ici.

– C'est ça, vous pouvez toujours causer, ricana Marco.

– Quel est ton nom, mon garçon.

– Hum… Mulder. Fox Mulder.

– Eh bien, Fox Mulder, tu ne vas pas t'en sortir comme ça. Tu as transgressé une loi fédérale et tu pourrais bien goûter de la prison.

– Monsieur, interrompis-je, je vous prie d'excuser Mar… euh Fox.

– Oui, ajouta Rachel, c'est un imbécile.

– Il aime bien énerver les gens. Nous ne sommes que des enfants, vous savez. Nous ne pensions pas mal faire. Vous pourriez juste nous donner un avertissement ?

– Oui, un sévère avertissement même, insista Rachel.

– En temps normal, c'est ce que nous faisons, reprit le capitaine. Nous avons l'habitude de ramasser tout un tas de doux dingues et d'allumés dans le coin.

Il regarda Marco en prononçant le mot « allumé ».

– Cependant, il y a une chose que je ne m'explique pas vous concernant. Vous voyez, aucun de vous ne porte de chaussures. Plusieurs soldats ont fouillé la zone et ils n'en ont pas trouvé. Et il est physiquement impossible de traverser ce terrain plein de broussailles et de cailloux sans en porter.

– Alors nous sommes retenus ici simplement parce que nous n'avons pas de chaussures, remarqua Rachel.

– Bon, où est le problème, monsieur ? reprit Marco. Si vous retenez ici un extraterrestre, pourquoi ne pas le dire à tout le monde ?

Le capitaine le regarda longuement d'un œil mauvais.

– Je veux que vous écriviez tous les trois votre nom et le numéro de téléphone de vos parents sur cette feuille de papier.

Il la tendit à Marco.

– Nous allons les appeler. Peut-être qu'ils apprécieront ton sens de l'humour, eux.

Je regardai par-dessus l'épaule de Marco et je le vis écrire Fox Mulder. Puis, il inscrivit un numéro de téléphone.

Rachel ne trouva rien de mieux que de mettre Dana Scully. Puis vint mon tour. Je séchais lamentablement. Vous savez, je ne suis pas vraiment une folle des *X-Files*. Le capitaine me regardait alors que je tenais le stylo immobile au-dessus de la feuille et que je suais abondamment.

« Quel nom pourrais-je trouver ? Quel nom ? »

– Est-ce que tu ignorerais par hasard comment tu t'appelles ?

– Non, non, bien sûr… Je m'appelle Cindy ! Oui, Cindy ! Cindy… Crawford.

Marco me fixa. Rachel me fixa. J'écrivis ce nom d'une main tremblante et inventai un numéro de téléphone.

Les deux officiers quittèrent la pièce et fermèrent la porte à clé derrière eux.

– Cindy Crawford ! s'exclama Marco. Mais tu es malade ou quoi ?

– Moi ? Mais pourquoi ?

– Tous les hommes de ce pays savent qui est Cindy Crawford.

– Nous avons intérêt à partir d'ici, et vite ! nous prévint Rachel. Je lui ai donné le numéro du livreur de pizza à domicile.

– Et moi celui de l'horloge parlante, nous avoua Marco à son tour.

– J'ai lui ai juste donné ce numéro, le : 01 02 03 04 05 06, dis-je.

– Douze, tu lui as donné douze chiffres, ricana Marco. J'espère que tu ne veux pas être agent secret plus tard. Bon alors, comment allons-nous sortir d'ici maintenant ?

– Je pourrais morphoser en grizzly et… commença Rachel.

– Non, m'exclamai-je. Ce sont des gens honnêtes et respectables et, autant que je puisse le savoir, nous ne sommes pas des Yirks ! Nous ne pouvons pas risquer de blesser quelqu'un. Nous avons besoin de trouver quelque chose d'assez petit qui puisse passer par-dessous la porte. Je propose des mouches.

– Je déteste morphoser en mouche, grogna Rachel.

– En fourmi ?

– Pas question.

– En cafard ?

– D'accord, je veux bien morphoser en cafard, accepta Rachel.

Marco la regarda fixement, l'air ahuri.

– Les mouches ça te gêne, mais pas les cafards ?

Mais Rachel et moi étions déjà en train de morphoser, et Marco dut se dépêcher pour ne pas prendre trop de retard sur nous.

Cette fois-ci, le sol ne se rapprocha pas de nous. Il nous fonça carrément dessus ! Et cette transformation n'entraîna pas l'apparition plutôt élégante de plumes sur notre peau.

En ce qui concerne Marco, la morphose se traduisit tout d'abord par l'apparition d'antennes. Deux énormes antennes, longues et pointues, sortirent brusquement de son front.

Spliiiit !

Chez Rachel, le premier changement se fit au niveau des jambes. Une paire de pattes intermédiaires qui poussèrent exactement au niveau de sa poitrine.

– Aaaaah ! m'écriai-je, même si je m'attendais plus ou moins à ce qui se déroulait devant mes yeux.

Cependant, voir des antennes sortir de la tête d'un ami et des jambes poilues et articulées de la poitrine de votre meilleure copine... c'est quand même étrange.

Mais je ne fus pas vraiment capable de me concentrer longtemps sur eux. J'ai été perturbée par le fait

qu'une dalle de trente centimètres carrés de lino me semblait maintenant aussi étendue qu'un jardin, par le fait que je pouvais entendre tous les os de mon corps se réduire en bouillie et par le fait que ma peau devenait peu à peu dure et lisse.

Slouuup ! Des pattes surgirent de mon torse.

Sprouuut ! Des antennes jaillirent de mon front.

Mes propres jambes se mirent à se recroqueviller. Je tombais la tête la première ! J'ai voulu mettre mes mains pour me rattraper, mais je n'en avais plus.

– J'ai changé d'avis, fit Rachel pour plaisanter.

Même si elle l'avait voulu, elle n'aurait rien pu ajouter, car son joli visage d'humaine s'est alors transformé en une chose dure de couleur bronze, et sa bouche n'a bientôt plus été qu'une mâchoire de cafard.

< Ce que je voulais dire, reprit-elle, c'est que j'ai changé d'avis, les cafards sont encore plus dégoûtants que les mouches. >

A cet instant, nous avons ressenti des vibrations dans nos antennes. Les lourdes vibrations produites par des pas sur le sol. La démarche pesante de quelqu'un qui ne semblait pas vraiment content.

Cela demande un peu d'expérience pour parvenir à comprendre une conversation avec les sens du cafard. Mais nous avions une certaine expérience. Nous étions donc capables d'entendre le capitaine gronder :

– Une pizzeria, hein ? Je vais vous en livrer moi des pizzas, bande de petits rigolos.

< Dégageons vite d'ici ! > s'écria Rachel avec l'enthousiasme délirant qu'elle éprouve toujours quand nous sommes en face d'un réel danger.

< Raaaid ! > s'exclama Marco

< Très drôle Marco, très drôle ! fis-je. Est-ce que nous pourrions juste sortir d'ici au plus vite ? >

Un courant d'air ! Des vibrations ! Du vent ! L'odeur des humains !

La porte s'ouvrit. Elle passa juste au-dessus de nos têtes. Nous avons détalé sur nos trois paires de pattes. Nous étions sortis de la pièce.

CHAPITRE 10

Zooooom !

Nous avons foncé sur des dalles de lino parfaitement lisses.

Mes six pattes s'agitaient comme des folles, mes antennes bougeaient dans tous les sens, tous mes instincts de cafard me criaient : « Cours ! Cours ! Coooooouuuurs ! »

Alors, nous avons couru.

Non pas que nous ayons une idée de l'endroit où nous devions aller.

< Où va-t-on ? > voulut savoir Marco.

< Comment pourrais-je le savoir ? > s'écria Rachel.

< Dirigez-vous vers la lumière du jour ! > leur ordonnai-je.

< Et comment reconnaître la lumière du jour de celle d'une lampe ? > demanda Marco.

< Je ne sais pas. Humm… hummm… >

J'essayai de deviner comment un cafard faisait la différence entre la lumière naturelle et la lumière artificielle. Mais bien sûr ! Les cafards sont effrayés, terrifiés, par la lumière. Et plus elle est forte, plus ils sont effrayés.

< Courez vers ce qui terrorise le plus le cerveau de votre insecte ! > m'exclamai-je.

< Oh, bien, parfait ! Mais ce stupide animal est déjà terrorisé à l'idée qu'il est en danger de mort. >

Des vibrations ! Beaucoup de vibrations.

Par dizaines. Lourdes, énormes et qui faisaient trembler le sol. Des vibrations vraiment dignes de ce nom. Avec la vision du cafard, aussi myope, fragmentée et trouble qu'elle ait été, je voyais, ou plutôt je sentais, des choses énormes tomber du ciel. On aurait dit que quelqu'un s'amusait à nous jeter des camions sur la tête.

Des pieds ! Et des chaussures qui semblaient aussi grosses que des poids lourds munis de remorques !

Whouuumpf ! Whouuumpf ! Whouuumpf !

< Attention ! Il y a des gens prêts à nous marcher dessus ! > hurla Marco.

Whouuumpf ! Une chaussure de tueur monstrueuse

surgit du ciel et vint s'écraser sur le sol à quelques millimètres de moi. Mais le cerveau du cafard avait réagi à temps : il savait comment éviter de se faire marcher dessus.

< Laissons les cafards s'occuper du problème, fis-je. Leurs cerveaux sont spécialisés dans ce genre d'affaire. >

Whouuumpf ! Mon corps de cafard s'écarta à toute allure, évitant de justesse le talon qui m'aurait aplatie en moins d'une seconde.

< La lumière du jour ! Je crois que je vois la lumière du jour ! > cria Rachel.

< On te suit ! >

Je percevais avec difficulté Rachel dans son corps d'animorphe juste devant moi. Marco, lui, était à mes côtés. Dans un même élan et morts de trouille, les trois cafards se précipitèrent en direction de la source lumineuse.

Tout à coup surgit un obstacle. Il me semblait insurmontable, bien qu'en fait il ne dut pas mesurer plus de quelques centimètres. Je m'aperçus qu'il s'agissait du seuil d'une porte. Mais j'étais sûre d'une chose : je voulais plus que tout sortir de ce bâtiment. C'était maintenant chose faite.

< Tobias, criai-je, est-ce que tu m'entends ? Est-ce que tu es là ? >

< Oui, où êtes-vous ? demanda-t-il, et vous ressemblez à quoi ? >

< Nous sommes trois petits cafards très pressés ! > fit Marco.

< Ça y est, je vous vois ! >

< Merci mon Dieu d'avoir doté les faucons de tels yeux ! ajouta Rachel. Maintenant, fais-nous sortir d'ici ! >

< Continuez à avancer et restez groupés. Et, au fait, il y a une colonne qui vient vers vous. Une colonne de... de véhicules. >

A la manière dont il avait prononcé ce dernier mot, j'aurais dû me douter de quelque chose. Mais je ne songeai qu'à rester près de Marco et de Rachel pour que Tobias puisse venir nous prendre.

Nous marchions sur du béton à présent, et nous progressions plus doucement. Lorsque vous avez la taille d'un insecte, le béton n'est pas du tout une surface sympathique. On a l'impression d'avancer dans un champ interminable, jonché de blocs de pierre. Le béton est aussi scintillant. En tout cas, c'est comme ça que je le percevais avec mes sens de cafard.

Autre chose au sujet du béton, ou tout du moins au sujet du béton par temps chaud : c'est brûlant !

< Je vais frire ! > geignit Marco.

< La vache qu'est-ce que c'est chaud ! Je ne savais pas que les insectes étaient aussi sensibles à la chaleur >, ajoutai-je.

< Dépêche-toi, Tobias. On est en train de rôtir ! >

Tout à coup, une ombre fonça sur nous. Il fallut que je résiste à la panique qui allait m'envahir et me pousser à m'enfuir dans la direction opposée.

Des serres démesurées et d'aspect rugueux se précipitaient vers nous à une vitesse vertigineuse. Les ongles vinrent gratter le sol. Une serre se referma sous moi et me souleva dans les airs.

< Waouh ! hurla Marco. La compagnie Le Faucon à queue rousse est heureuse de vous accueillir sur ses lignes ! >

L'impression de chaleur avait disparu. Le béton aussi. J'étais là-haut, dans les airs et dans le vent.

< Aaaaaahhhh ! >

J'étais en train de tomber ! Tobias avait lâché prise et je tombais, en faisant des tourbillons et des cabrioles dans les airs.

Je ne pourrais pas vous dire de quelle altitude j'ai

chuté. Mon animorphe de cafard ne me permet pas de voir à plus de quelques centimètres devant moi. Mais il me sembla que ça durait des siècles.

< Cassie ! > me cria Tobias.

< Cassie ! > cria Rachel à son tour.

< Qu'est-ce qui lui arrive, à Cassie ? > demanda Marco.

< Je l'ai laissée tomber ! >

Poumph !

Je heurtai le sol. La poussière ! Elle s'envola en tourbillons autour de moi lorsque j'atterris.

Mais je ne me fis pas mal. J'étais sur le dos. Mes pattes battaient l'air comme des folles.

< Comment est-ce que ces machins-là font pour se retourner ? >

Je sentais un grondement de mauvais augure qui faisait trembler le sol.

< Cassie ! Je t'ai repérée, hurla Tobias. Je viens te chercher, mais il faut que tu bouges de là ! Je ne serai pas là à temps. Il faut que tu te déplaces immédiatement. >

Le ton de sa voix n'était pas des plus rassurants.

< C'est la colonne dont je te parlais, Cassie, elle arrive droit sur toi. >

< Une colonne de quoi ? De soldats ? >

< Non, des tanks. >

C'est alors que je compris que ça n'était pas le grondement du tonnerre que j'entendais et que je sentais.

CHAPITRE 11

< Cassie ! Ne reste pas là ! > hurla Tobias en plongeant sur moi à une vitesse incroyable.

< Je fais ce que je peux ! >

Je faisais bouger mes pattes comme un cafard coincé dans un lavabo. Mais je pédalais dans le vide. Et ce que j'avais pris pour le tonnerre était maintenant encore plus bruyant que le vrai tonnerre. On aurait dit une explosion continuelle, sans fin.

Bbbbbbbrrrrrroooooouuuuummmm ! Bbbbbbbrrrrrroooooouuuuummmm !

Mes ailes ! Oui, c'est ça, les cafards ont des ailes ! Tout ce que j'avais à faire, c'était...

Trop tard.

< Cassie ! >

Quelque chose vint cacher le soleil. Je sentis mon corps de cafard s'enfoncer dans la poussière. J'eus

l'impression que ça durait des siècles. La pression était impensable ! Et pourtant...

Soudain, je sortis de la terre. Mais je n'étais pas libre pour autant. J'étais collée à la chenille d'un tank et j'avançais doucement, emmenée vers l'avant. Je tentai de nouveau d'agiter les pattes mais, maintenant, deux d'entre elles ne bougeaient plus. J'étais coincée, sur le dos, sur une roue de torture. Si j'étais de nouveau écrasée sous le poids du tank, je n'y survivrais pas.

Je tentai de bouger mon aile gauche... sans succès. Elle avait été écrasée. Je testai la droite : elle bougeait !

Je parvins à me retourner et j'atterris sur mes quatre pattes en bon état, pris un virage serré à gauche et je me mis à courir comme une folle pour éviter la chenille. Patatras ! Je me retrouvai face contre terre. Je me relevai et me remis à courir, encore et encore, sans même songer un instant à m'arrêter.

Tobias me souleva de terre, et je continuai à agiter mes quatre pattes de cafard encore intactes. Bien sûr, Marco trouvait toute cette aventure hilarante. Pendant les dix minutes qui suivirent, il n'arrêta pas de rire, alors que Tobias nous emportait loin de la Zone 91.

Et pendant que Marco riait, Tobias s'excusa de m'avoir laissée tomber.

Il nous reposa une fois sortis du périmètre de la base secrète.

Nous avons démorphosé dans un ravin creusé par un petit cours d'eau.

– Ça va ? demanda Rachel lorsque nous eûmes tous les trois repris notre apparence humaine.

– Si l'on considère qu'un tank m'a roulé dessus, je vais plutôt bien.

Marco fit un large sourire.

– J'aurais aimé voir la tronche du capitaine Torrelli quand il s'est aperçu qu'on avait disparu tous les trois.

Rachel lui donna un coup de poing dans le bras.

– Et toi, imbécile. Tu le provoquais sans arrêt avec tes bavardages sur les extraterrestres. Sans ça, il nous aurait laissés partir.

– En fait, répondit-il, en prenant un air sérieux, très inhabituel chez lui, il nous aurait peut-être relâchés, mais pas avant d'avoir mis nos parents au courant. Et ça, on ne le voulait surtout pas, pas vrai ? C'est pour ça que j'ai fait exprès d'avoir cette attitude provocatrice. Maintenant, il va nous prendre pour une vraie bande d'allumés et classer son dossier. Si on avait eu

un comportement sensé, alors il se serait vraiment demandé ce qu'on faisait là-bas les pieds nus.

Rachel lui lança un regard soupçonneux. Mais moi, je savais que Marco avait raison. Comme je l'ai déjà dit, il fait souvent le clown, mais ce n'est pas un imbécile.

– Et maintenant ? reprit Rachel. Il se fait tard. Il faut rentrer chez nous.

< Vous devriez morphoser dès que vous vous sentirez prêts. La température va bientôt baisser. Et moins il y a de thermiques, plus il est dur de voler. >

Je me sentais un peu bête. J'étais celle que cette histoire de Yirks prenant le contrôle des chevaux inquiétait le plus. Mais nous n'avions absolument rien appris. Tout ce que nous avions réussi à faire, c'était de nous faire enfermer par la police militaire. Sans parler des tanks qui avaient failli m'écraser !

De toute évidence, Rachel était sur le point d'abandonner la thèse des chevaux-Contrôleurs. Je crois qu'elle n'était plus tout à fait sûre d'avoir vu ce Yirk sortir de l'oreille de ce cheval.

Les autres étaient encore plus sceptiques. Et je pouvais les comprendre. Les Yirks prenant le contrôle des humains, c'était là notre souci essentiel. S'ils voulaient s'entraîner sur des chevaux, ça n'était, en comparaison, pas bien grave.

< J'entends quelque chose >, fit Tobias.

Il était perché sur un bout de bois mort, tout rongé et biscornu.

< A plat ventre tout le monde. Et restez cachés jusqu'à ce que je sache ce que c'est. >

Il battit des ailes et s'envola. Marco, Rachel et moi avons rampé sous un buisson. Malheureusement, c'était un épineux.

– Ah ce qu'on s'amuse ! marmonna Marco à voix basse.

< Ce ne sont que quelques chevaux, vous pouvez sortir de là >, nous cria Tobias depuis le ciel.

Marco commença à ramper, mais je le saisis par le bras.

– Non, attends.

Une demi-douzaine de chevaux dévalèrent le ravin pentu pour venir se désaltérer. Leur chef était un étalon gris.

– Tu vois, ce sont des chevaux. Et maintenant, est-ce que je peux retirer l'épine que j'ai dans le derrière ?

Je fis signe que non et mis un doigt devant ma bouche.

J'observais les chevaux qui approchaient. Je les regardais attentivement pour déceler le moindre détail incongru. Mais ils ressemblaient bien aux chevaux que je connaissais.

Quatre d'entre eux baissèrent leur grosse tête et se mirent à boire. Un cinquième montait la garde.

Le dernier était un très joli rouan qu'on aurait presque dit sorti d'un élevage de pur-sang. La jument s'arrêta à côté du cheval et on aurait pu croire qu'elle lui parlait à l'oreille.

Puis, tout à coup.

Plop ! Plopploppplop ! Plop !

Le cheval se mit à faire ce que font tous les chevaux… si vous voyez ce que je veux dire.

– Ce cheval fait la grosse commission, murmura Marco.

– Merci, on n'avait pas remarqué, grosse nouille, lui dit Rachel. Je ne sais pas ce qu'on ferait sans toi.

– Pipi, par-ci, caca par-là…

– Ça suffit. Je ne resterai pas une minute de plus dans un buisson avec ce gros…

– Tais-toi, et regarde !

A mon plus grand étonnement, le cheval, qui avait commencé à faire ses besoins, s'arrêta net. Les autres tournèrent la tête vers lui et commencèrent à hennir : ils riaient, je peux le jurer.

Ensuite, le cheval en question s'éloigna, se cacha derrière un arbre, à l'abri des regards, et finit ce qu'il avait à faire.

– Un cheval pudique ? fis-je, d'un ton précieux.

Rachel fit oui de la tête.

– Ça paraît quand même un peu bizarre.

Nous avons attendu que les chevaux finissent de boire et s'éloignent. Tobias s'approcha et se posa à côté de nous. Je me frayai un passage dans les ronces et, une fois sortie, je frottai mes vêtements.

– C'est la première fois que je vois un cheval se cacher derrière un arbre pour faire ses besoins.

Je dévisageai Marco, puis Tobias.

– Vous êtes convaincus maintenant, j'espère. Vous voyez bien que ce ne sont pas des chevaux comme les autres.

CHAPITRE 12

Le jour suivant était un samedi. Nous nous sommes réunis dans la grange de Cassie.

Comment espionner des chevaux-Contrôleurs ? Comment surveiller les agissements d'un groupe de chevaux qui ont des Yirks dans la tête ? Telles étaient les questions que nous nous posions.

– Mais c'est bien sûr, nous n'avons qu'à morphoser en chevaux, proposai-je alors que j'essayais de maintenir ouverte la mâchoire d'un renard qui, le jour d'avant, m'avait fixée de ses yeux gourmands alors que j'étais morphosée en rapace.

Je lui lançai une pilule dans la bouche avant de le forcer à la refermer et de lui donner un petit coup sur le museau pour le faire avaler.

– En chevaux ? Est-ce que tu n'as pas déjà morphosé en cheval ? me demanda Jake.

– Si. J'ai morphosé un des chevaux que nous possédons. C'était fantastique. Mais nous avons un problème. Nous n'avons que cette jument-là en ce moment. Et elle est marquée pour qu'on puisse l'identifier. En plus, nous ne pouvons pas vraiment nous promener dans les terres Arides avec des animorphes de chevaux complètement identiques.

– Des chevaux identiques, répéta Marco l'air songeur. La vallée des chevaux qui se ressemblaient, hum. Ça pourrait être le titre d'une super série télé.

Nous étions tous là. Tous les six, y compris Ax, qui était dans son animorphe humaine. Une fois de plus, j'étais frappée par sa très grande beauté. C'était étrange cette manière de retrouver un peu de Rachel, de Marco, de Jake et de moi en lui. Quand il prenait certaines expressions, lorsqu'il souriait par exemple, j'avais la sensation bizarre de voir une version masculine de moi-même dans un miroir. C'était un peu inquiétant.

– Chevaux. Che-che-vaux-vaux, dit Ax.

Marco le regarda d'un œil moqueur.

– C'est tout, Ax ? Tu es sûr que tu ne veux plus rien ajouter ?

– Si, les chevaux sont des quadrupèdes, continua-

t-il. Ce qui est bien plus sensé que de marcher en boitillant, perché sur deux jambes riquiqui comme le font les humains. Riquiqui. Ri-quiqui. C'est un mot plutôt drôle vous ne trouvez pas ?

– Oui, riquiqui. Il y a de quoi se rouler par terre, ironisa Rachel. Enfin bref, comment allons-nous trouver six chevaux différents pour pouvoir morphoser tous ensemble ?

< Peut-être au Parc >, suggéra Tobias.

Je refermai la cage du renard et essuyai mes mains sur mon jean.

– Tout ce qu'ils ont au Parc, ce sont des élevages de chevaux rares. Ce que nous voulons, nous, ce sont des chevaux qui ressemblent à des chevaux.

De parler du Parc me fit penser au prospectus sur lequel j'avais pu voir plusieurs signatures à la base. Devais-je en parler aux autres ? Non, cela n'avait probablement pas d'importance.

– Pourquoi n'irions-nous pas voir dans les fermes du coin ? proposa Jake.

Je fis un signe de la tête.

– Tout le monde dans les environs me connaît. Si jamais quelqu'un nous repérait...

– Allons à l'hippodrome, fit Rachel. Ils ont des tas

de chevaux là-bas. En général, ils en gardent toujours au moins une vingtaine. J'y suis allée avec mon père. C'était même le week-end dernier. Il pense que c'est une super idée d'emmener sa fille dans un endroit pareil.

– Est-ce qu'il t'a laissée faire des paris ? voulut savoir Marco.

– Non, il a misé de l'argent pour moi. Deux dollars sur Attrape-moi si tu peux. Il est arrivé deuxième. Et j'ai gagné trois dollars.

Je regardai fixement Rachel. Vous croyez parfois tout savoir sur quelqu'un et puis, soudain, vous découvrez quelque chose de nouveau.

– Les humains font des paris ? Sur les chevaux ? Pour voir lequel ira le plus vite ? s'étonna Ax. Et qu'est-ce que vous pariez ?

– De l'argent, tiens ! lui répondit Marco.

– De l'argent. Ah, oui ! Ar-geennt. J'oublie toujours que les humains utilisent de l'argent.

Jake a fixé sa montre avec insistance. Il avait ce regard exaspéré qu'il a parfois quand personne ne semble plus porter d'intérêt au problème dont on est censé discuter.

– Bien, alors c'est entendu, nous allons nous rendre

à l'hippodrome. Mais personne ne fera de paris. Nous acquerrons l'ADN des pur-sang, puis nous partirons pour les Terres Arides et nous irons ensuite espionner ces modestes chevaux sauvages.

– Encore ? bougonna Marco. Mais nous faisons ça tous les samedis. Tu n'as donc rien de plus original à nous proposer ?

– Puis-je poser une question ? l'interrompit Tobias. Pourquoi les Yirks cherchent-ils à contrôler des chevaux ?

– Bonne question, admit Jake.

– Ça doit avoir un rapport avec la Zone 91, suggéra Marco. Enfin, je veux dire, c'est une sacrée coïncidence quand même, non ?

– Ça doit effectivement avoir un rapport avec la Zone 91, Marco, mais pas vraiment comme tu le crois, fis-je. Qui peut savoir ce que l'US Air Force fait vraiment dans cette base ? Peut-être sont-ils en train de tester une arme superpuissante qui représenterait un grand danger pour les Yirks.

Ax se mit alors à rire.

– Une arme humaine qui représenterait un grand danger pour les Yirks ? C'est impossible-ssissi-ble.

Je me sentis un peu insultée en tant que

représentante de la race humaine. Mais Ax avait probablement raison.

– D'accord, mais je ne vois pas pourquoi les Yirks se soucieraient d'un soi-disant vaisseau spatial caché là. C'est n'importe quoi. A moins… à moins qu'ils croient eux aussi en l'existence d'une conspiration extraterrestre.

– Je dois vous avouer que je ne comprends pas bien de quoi tu parles, reprit Ax. Quoi qu'il en soit, s'il existe quelque chose ayant une origine extraterrestre sur cette planète, les Yirks doivent le savoir. Leurs détecteurs sont capables de faire une analyse très précise des alliages. Il est vrai qu'ils ne possèdent pas le niveau technologique des Andalites, mais ce ne sont pas non plus des primitifs. Ils sont tout à fait en mesure de repérer la présence de composés plastiques, d'alliages sophistiqués ou de métaux vivants, tous ces matériaux qui servent à la construction des vaisseaux spatiaux.

Je sais qu'Ax ne voulait pas être condescendant ou méprisant. Mais parfois c'est vraiment l'impression qu'il donnait en délivrant ses explications techniques. Et puis, à côté de ça, il était capable de vous sortir une énormité du genre : « Est-ce que le bois a un goût

agréable ? Est-ce bon à manger ? » « Oui, mais alors avec beaucoup de sel », lui répliquerait Marco.

Jake semblait troublé.

– Vous savez, ce serait vraiment étrange si tout ce qu'on raconte sur cette conspiration était vrai. Je veux dire, si le gouvernement cachait vraiment un vaisseau spatial extraterrestre dans la Zone 91.

– Quelqu'un pourrait me dire au juste ce qu'est cette Zone 91 ? demanda Ax.

– Tu demanderas à Marco de t'expliquer, lui répondit Rachel. Mais, en tout cas, quelle que soit la chose qui y est cachée, il se pourrait bien que cela nous serve à percer les secrets de la technologie yirk.

– Eh bien, j'espère que nous réussirons à découvrir de quoi il s'agit, remarqua Jake. En attendant, premier arrêt : l'hippodrome.

– Quelqu'un pourrait me dire ce qu'est un hippodrome au juste, fit Ax. Au ju-ju-ssste ?

CHAPITRE 13

L'hippodrome ne se trouvait pas très loin d'ici. Nous avions décidé d'y aller en volant. Nous possédions tous des animorphes de mouette, sauf Ax et Tobias. Nous nous étions dit que cela ne paraîtrait pas trop étrange de voir des mouettes voler au-dessus des écuries et des granges. Alors qu'avec un ciel rempli d'oiseaux de proie, il y aurait eu de quoi se poser des questions. Nous nous sommes donc tous retrouvés en mouettes, sauf Ax qui a morphosé en balbuzard et Tobias qui est resté Tobias. Il n'y a pas de grande différence entre voler lorsque l'on est une mouette et voler lorsque l'on est un balbuzard. Mais, d'un autre côté, cela peut être très différent : il faut que vous battiez beaucoup plus des ailes. Par ailleurs, les mouettes et les oiseaux de proie voient le monde d'une manière très différente. Les mouettes sont de véritables éboueurs.

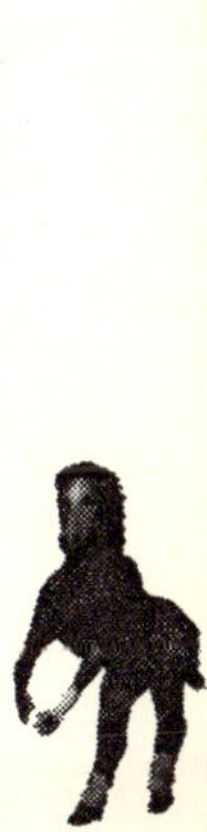

Nous nous sommes éloignés de la grange en nous élevant dans les airs, en agitant nos ailes profilées et biseautées. Ax et Tobias sont montés en flèche dans le ciel, surveillant pour voir s'il n'y avait pas d'autres prédateurs.

Mais pour les quatre mouettes que nous étions, le voyage fut comme un vol au-dessus d'une immense décharge.

< Oh regardez ! Du pain avec de la pâte à tartiner ! Je crois qu'il en reste un peu dessus ! >

< Hé, un emballage de fast-food ! Génial, il y a encore des frites et un morceau de hamburger ! >

< Ouaouh, je rêve ! Une croûte de fromage ! >

< Vous ne devinerez jamais ce que j'ai repéré ! Quelqu'un a jeté une cuisse de poulet à moitié mangée ! Dorée à souhait ! >

< Ne serait-ce pas du cannibalisme ? >

< Est-ce que nous n'avons pas déjà discuté de ce problème avant ? >

< Oui, mais quand même, du poulet croustillant ! J'adore le poulet croustillant ! >

Bien sûr, nous aurions pu essayer de maîtriser de manière plus efficace les obsessions de la mouette pour tout ce qui touche à la nourriture. Mais cela aurait été vraiment difficile. Et pour vous dire la vérité, c'était plutôt amusant. Ces oiseaux sont capables de repérer des choses vraiment incroyables. Vous seriez carrément surpris de voir ce que les gens jettent parfois.

< Regardez, là-derrière chez Papa Piz, des cannelloni ! >

Malgré tout ça, nous sommes quand même arrivés à l'hippodrome. Sans même nous arrêter pour déguster quelques bons déchets.

Depuis le ciel, l'hippodrome ressemblait à une grande et longue boucle de forme ovale, pas très propre et entourée d'une barrière blanche. Il y avait de hauts gradins couverts sur un côté de la piste et, derrière, s'étendaient des écuries de différentes tailles.

Le parking était à moitié rempli de véhicules et de camionnettes tirant des vans. Il y avait une foule assez importante installée dans les tribunes, le reste des gens étant collé le long des barrières qui entouraient la piste.

Au centre de l'ovale dominait un immense tableau électronique sur lequel étaient déjà affichées les cotes pour les concurrents de la première course.

< Quelqu'un a-t-il repéré un bon endroit pour démorphoser ? > a demandé Rachel.

< Il doit sûrement y avoir des stalles vides dans ces écuries, a suggéré Tobias. Allons y faire un petit tour pour vérifier. >

< Nous pourrions plutôt aller voir s'il y a des poubelles bien remplies derrière le club-house >, a proposé Marco.

< Des mouettes, soupira Tobias. Vous vous comportez plutôt comme des pigeons. >

Je me doutais que, pour un faucon, traiter quelqu'un de pigeon devait être une grosse insulte.

Nous sommes descendus à vive allure en piqué le long d'un mur. Les stalles étaient alignées en deux longues rangées, donnant sur l'extérieur d'un côté et, de l'autre, sur un couloir qui traversait tout le bâtiment. A première vue, il y avait bien la moitié des stalles qui étaient vides.

Je pris un virage serré sur la gauche. Les mouettes peuvent changer de direction à une vitesse impressionnante. Et je fonçai… Zoooom ! Tout droit dans une stalle vide.

Je me posai dans la paille sale.

< Ça paraît bien ici, vous pouvez venir >, fis-je aux autres.

Zooom ! Zooom ! Zooom ! Zooom ! Zooom !

Tout le monde arriva en volant et se posa près de moi. Puis nous avons commencé à démorphoser. Rien de plus facile. Pas de problème.

Il y avait juste une petite chose à laquelle nous avions oublié de penser. Quand nous avons démorphosé, nous avons retrouvé nos corps normaux. Pour Rachel, Jake, Marco et moi cela signifiait nos corps d'humains.

Mais pour Ax, cela signifiait son corps d'Andalite…

CHAPITRE

14

< Bon, tout le monde démorphose, ordonna Jake. Tobias, tu veux redevenir un homme ou rester comme tu es ? >

< Je dois rester en faucon si je veux acquérir l'ADN d'un cheval. En fait, pendant que vous démorphosez, je vais aller faire un tour et voir si je trouve un cheval qui me convient. >

Vous devez effectivement être dans votre forme originelle si vous voulez entrer en possession d'une nouvelle animorphe. Et, aussi triste que cela puisse être, le corps originel de Tobias est maintenant celui d'un faucon à queue rousse. Tobias partit en s'envolant sans trop déployer ses ailes pour pouvoir évoluer dans l'étroit espace de l'écurie.

Je commençai à démorphoser. Mes ailes blanches en forme de flèche se transformèrent en doigts. Mes petites pattes se mirent à grandir, grandir, encore et encore. Mon bec jaunâtre s'élargit soudain et se ramollit pour former des lèvres.

Et nous nous sommes soudain aperçus d'une chose : quatre adolescents et un Andalite, cela fait beaucoup de monde dans une stalle étroite.

Tout le monde était à environ quatre-vingt-dix pour cent humain, et Ax était à quatre-vingt-dix pour cent andalite quand, soudain, à ma plus grande stupéfaction, je vis deux hommes âgés fixer leur regard sur moi. L'un d'eux avait un cigare dans la bouche dont il était en train de mâchonner le bout. Ils regardaient par-dessus la porte.

– Qu'est-ce que... Qu'est-ce que font ces gamins ici ? Et qu'est-ce que c'est que ce fichu bazar ?

Ce qu'ils avaient sous les yeux, c'était quatre enfants habillés de justaucorps couverts de plumes. Mais également une étrange, très étrange créature comme personne n'en avait jamais vu avant.

– Ax, garde la tête baissée, lui chuchotai-je.

Je fis un bond pour me placer entre les deux hommes et la queue d'Ax.

Au cas où vous n'auriez encore jamais vu d'Andalite en chair et en os, ce qui n'aurait évidemment rien

d'étonnant, laissez-moi vous expliquer à quoi ils ressemblent. Les Andalites sont un incroyable croisement entre un cerf, un cheval, un scorpion et un humain. Ils ont le corps élancé d'un grand cerf, sauf que leur fourrure est bleu et brun.

La partie supérieure de leur corps, elle, semble presque humaine, jusqu'à la tête, qui elle n'a vraiment rien à voir avec une tête d'homme. Il n'y a aucun doute à avoir là-dessus. Comme je vous l'ai déjà dit, les Andalites n'ont pas de bouche. Ils se nourrissent par leurs sabots en courant dans l'herbe. Et ils communiquent par télépathie en utilisant la parole mentale. En plus de tout cela, il y a leurs yeux. Les Andalites ont quatre yeux. Deux d'entre eux sont là où vous vous attendez qu'ils soient. Les deux autres sont situés au bout de tentacules qui sont placés sur le haut du crâne. Vous savez, les espèces de petites cornes que les girafes ont sur la tête ? Eh bien, les tentacules oculaires des Andalites ressemblent un peu à ça, à part qu'ils sont flexibles et terminés par un œil.

Pour finir, il y a la queue, longue, au bout de laquelle se trouve une lame incurvée qui peut abattre un arbre à une vitesse prodigieuse, sans que vous n'ayez eu le temps de remarquer le moindre mouvement.

Cette queue est justement ce que j'essayais de cacher aux deux hommes. Tout ce que je pouvais faire, c'était espérer qu'Ax aurait la présence d'esprit de ne pas relever la partie supérieure de son corps.

– Je vous ai demandé ce que vous faisiez ici, répéta l'homme au cigare, de manière plus incisive cette fois-ci.

– Huummm... nous soignons notre cheval, pourquoi ? dis-je en guise d'explication.

Rachel ouvrit tous grands les yeux.

– Notre cheval ? Oh oui, c'est exactement ce que nous faisons. Nous soignons notre cheval.

Elle tendit le bras et donna de petites tapes sur la croupe d'Ax.

– Il est petit pour un cheval, remarqua le second des hommes qui avait l'air sceptique. Et avec quoi vous le nourrissez ce pauvre canasson ?

– De la nourriture pour chevaux, répondit Marco.

– De la nourriture pour chevaux ?

– Ben oui, vous savez quoi... de la nourriture pour chevaux. Et vous ne pouvez pas vous imaginer combien de boîtes cet animal peut manger par jour. Toute la journée je suis obligé d'ouvrir des boîtes de nourriture pour chevaux et de remplir son écuelle.

Les deux hommes fixèrent Marco. Celui qui avait un cigare dans la bouche le fit rouler d'un coin à l'autre de ses lèvres.

– Ha ! ha ! ha ! ha ! m'exclamai-je en criant presque. Il ne peut pas s'empêcher de plaisanter ! Bien sûr que nous ne nourrissons pas notre cheval avec des boîtes. Nous lui donnons de la luzerne et du foin. Comme à tous les chevaux. Mon ami est tellement drôle ! Il blague comme il respire !

– En plus, c'est un crétin, ajouta Rachel.

– Votre cheval est bleu, observa l'homme qui n'avait pas de cigare. Je n'ai encore jamais vu de cheval bleu.

– Je n'avais jamais vu non plus d'enfants avec des plumes qui leur poussent sur le corps, fit l'autre. Et j'ai pourtant vu un grand nombre de choses dans ma vie.

Jake me regarda, comme s'il attendait que je trouve quelque chose à leur répondre. Rachel aussi. Marco aussi. Notre « cheval » était bleu... Il n'y avait aucun doute là-dessus. Et, c'était vrai, nous avions des plumes blanches et grises accrochées aux manches et au col de nos tenues d'animorphe.

– Nous aimons bien les chevaux bleus, dis-je sans conviction.

– Un jour viendra où tous les chevaux seront bleus, continua Jake.

– Vous, les gosses, vous allez sortir de là. Il se passe des choses étranges ici. Très étranges. Vous allez dégager et me laisser voir ce que c'est que ce...

A cet instant j'ai senti, plutôt que vu, un frémissement parcourir le corps d'Ax.

– Ax, non ! ai-je crié.

Fwapp ! Fwapp !

Il frappa avec sa queue meurtrière ! Mais il ne visa pas les hommes. En moins d'une demi-seconde, il découpa la poutre qui soutenait le plafond de la stalle. Il la découpa net en deux endroits. L'énorme morceau de bois tomba droit sur les deux hommes.

– Aaaah !

– Hooooo !

– Courez ! s'écria Jake.

Nous avons trébuché contre les deux hommes qui gémissaient et nous les avons enjambés. Quatre adolescents et un « cheval » bleu très étrange. Juste dans un coin de mon champ de vision, j'ai alors aperçu un éclair de plumes marron et rousses.

< Je vous laisse tout seuls pendant deux minutes et

vous déclenchez une catastrophe. Mais qu'est-ce que vous avez encore inventé ? >

– Attrapez-les ! Ne laissez pas ces gosses s'enfuir !

Nous avions réussi à nous dégager et nous courions maintenant entre les stalles. Ax morphosait en humain en même temps qu'il s'enfuyait avec nous. Je finissais pour ma part de démorphoser, perdant ce qu'il me restait encore de plumes. A l'extérieur du bâtiment, la foule des spectateurs se pressait, impatiente de voir partir la première course.

– Sortons d'ici ! Grimpons dans les tribunes ! ordonna Jake. Nous devons nous mêler à la foule.

Et alors, vlan ! Une porte s'ouvrit brusquement, juste devant moi, m'isolant des autres. Je fis un petit bond sur le côté, mais trop lentement. Quelqu'un m'agrippa la cheville. Je m'étalai par terre, la face contre le ciment.

– Cassie ! cria Jake.

Il commença à vouloir faire demi-tour pour venir me secourir, mais il y avait maintenant des tas de gens qui arrivaient dans la grange. Des garçons d'écurie, des jockeys, des entraîneurs et des propriétaires, tous en colère en croyant que nous venions de faire du mal à leurs chevaux.

Je regardai autour de moi. Je vis un jeune garçon qui tenait mon pied.

– J'en ai attrapé un ! hurlait-il.

Je ne voulais pas lui donner de coup de pied, ni le blesser. C'était juste un garçon, probablement pas un Contrôleur.

– J'en tiens un ! J'ai eu un type !

Un type ? Est-ce que j'entendais bien ? Un type ? Je ne portais même pas de bleu de travail ou de truc dans ce genre. D'accord, peut-être que la tenue de sport que j'avais choisie pour morphoser n'était pas de la dernière mode, mais quand même... Un type ?

Maintenant, j'avais une furieuse envie de lui donner quelques coups de pied.

L'étreinte de sa main s'était relâchée et j'en profitai pour le frapper. Paf !

– Désolée, dis-je en me remettant debout.

Je jetai des regards affolés de tous les côtés. Pas de Jake. Pas de Rachel. Pas d'Ax, de Marco ni de Tobias. Tout ce que je vis était une espèce de petit groupe de personnes qui poursuivait quelqu'un en direction du fond de la grange.

Je contournai le garçon toujours inanimé sur le sol et je pénétrai dans la stalle.

– Doucement, mon grand, doucement, murmurai-je au grand étalon qui était là. Tout doux, tout doux...

Normalement, les animaux m'adorent. Celui-ci était une exception.

– Hhhhhreee heeee heee heeee !

Je n'avais que deux solutions. Sortir de cette stalle et être capturée, ou y rester et être piétinée. J'ai donc choisi une troisième option.

Vous savez, lorsque vous acquérez l'ADN d'un animal, ça semble le mettre comme dans un état de transe. Il devient alors tout calme. C'est d'ailleurs pour cette raison qu'il est possible d'acquérir l'ADN d'un grizzly par exemple.

Je posai mes deux mains sur le flanc musclé du grand animal et je me concentrai. Il devenait de plus en plus calme et paisible. Son ADN pénétra en moi. Il devint une part de moi-même.

– L'un d'eux est encore quelque part dans la grange, entendis-je dire.

Bien. Si vous voulez passer inaperçu dans une écurie, comment pouvez-vous faire ?

Exactement, vous avez tout compris. Je commençai à morphoser en cheval.

CHAPITRE 15

Ta ta ta tata ta ta ta tata ta ta taaaaah !

J'ai entendu la sonnerie annonçant le début de la course, puis une rumeur monter de la foule installée dans les tribunes. Mais j'avais d'autres soucis en tête que de m'intéresser au résultat du tiercé.

J'avais déjà morphosé en cheval avant. Je pensais donc savoir exactement à quoi m'attendre. Mais celui que je venais d'acquérir n'était pas n'importe quel animal. C'était un cheval de course. Surpuissant, agressif et avec juste ce qu'il faut de méchanceté.

– Fouillez dans toutes les stalles ! cria une voix. Qui peut savoir ce que ces gamins ont fait aux chevaux ! Ils en ont rendu un tout bleu !

– Faites vite, la première course a déjà commencé.

J'entendais les portes s'ouvrir et se refermer. Ils

étaient arrivés presque au fond de la grange. Il me restait deux minutes. Au maximum.

Les oreilles apparurent en premier. Mes oreilles humaines se sont comme étirées de chaque côté de mon crâne pour s'arrêter au sommet de ma tête. Puis elles se sont mises à pousser. Jusqu'ici, rien d'extraordinaire. Enfin, rien d'extraordinaire pour quelqu'un qui a l'habitude de ce genre de transformation. Si vous ne vous y attendez pas et que vos oreilles se mettent soudainement à grandir, à devenir longues et pointues et à se couvrir de poils marron, vous penseriez sûrement qu'il se passe quelque chose d'extraordinaire.

Mon corps s'est mis à changer très rapidement. Mon derrière est devenu énorme, monstrueux ! Mes genoux se sont retournés en faisant un grincement écœurant. Mes mollets se sont mis à grandir, grandir. Il n'y avait pratiquement pas de chair, rien que de longs os recouverts de poils dorés.

Le pelage s'est répandu sur tout mon corps. Sur mes jambes. Sur mes bras. Sur mon derrière et ma poitrine. J'aurais aimé avoir tout mon temps pour profiter pleinement de ce moment de la transformation, qui était vraiment super. L'animal avait une superbe robe dorée, légère et soyeuse.

Puis ce fut au tour de mes bras de grandir. Ils se gonflèrent de muscles énormes et puissants. Mais simplement le haut de mes bras. Le bas n'était pas beaucoup plus gros qu'un bâton.

Comme je jetais un regard sur mes doigts, je les vis fondre les uns dans les autres. Comme s'ils avaient été faits de cire et mis dans un four brûlant. Ils ont carrément fondu.

– Aaaah ! criai-je.

Pendant un court instant j'ai pu voir les os de mes doigts sans chair. Et ce n'est pas une chose très agréable. Vous pouvez me croire. Ils étaient d'un blanc éclatant. Je pouvais même voir toutes les articulations en détail.

– J'ai entendu quelque chose ! Par là !

– Continuez à chercher. Personne ne sort de cette grange tant que nous n'avons rien trouvé.

Je tombai en avant, incapable de tenir plus longtemps sur mes jambes, juste au moment où les os de mes mains eurent fini de s'assembler entre eux et de durcir pour former des sabots.

Clump !

Mes sabots de devant ont heurté le sol. A cet instant, le cheval – le vrai – a commencé à ne pas être

content du tout. Il était sorti de son état de torpeur résultant du processus d'acquisition. Et il réalisait maintenant que quelque chose de vraiment très très très bizarre était en train de se passer ici, dans sa propre stalle.

– Hreee heee heeee he !

– Tout va bien mon grand, commençai-je à chuchoter.

Au moment même où je finissais ma phrase, il me sembla que mon visage explosait.

Mon nez se mit à bouger dans tous les sens et à se déformer. Puis il sembla s'éloigner toujours plus loin pour se changer en un museau de trente centimètres. De plus de trente centimètres, même !

Il grossissait de manière si extraordinaire que mes yeux furent rejetés de chaque côté. C'était vraiment incroyable ! Mes yeux qui étaient séparés d'à peine quelques centimètres, comme le sont ceux des humains, s'écartaient encore et encore l'un de l'autre. Et, au fur et à mesure qu'ils s'écartaient, mon champ de vision devenait toujours plus vaste.

Beaucoup trop vaste même. Mes orbites étaient maintenant placées de chaque côté de mon crâne. Elles se trouvaient où étaient habituellement mes tempes. Et entre mes deux yeux pointait désormais un museau de la taille de la Corse ! Mon museau avait également emporté ma bouche dans son long voyage.

J'entendis comme un grincement, un craquement, venir de l'intérieur de mon crâne. Mes dents me démangèrent et se transformèrent rapidement en dents fines et plates, comme le sont celles des chevaux.

J'étais pratiquement arrivée au bout de l'animorphe. Pourtant, quelque part loin derrière moi, je sentis une queue apparaître et remuer comme une touffe d'herbes folles secouée par le vent. Maintenant, tout était terminé.

Le vrai cheval me fixa d'un de ses gros yeux humides. Il me renifla. Et ce qu'il sentit... Il ne sentit rien. Tout du moins pour son cerveau de cheval. Les chevaux, et les autres animaux, pour qui l'odorat est un guide, ne sont pas préparés à l'éventualité de sentir un autre cheval qui ait la même odeur qu'eux.

Pour lui, cela doit être exactement pareil que de se retrouver face à son double pour un humain. Sauf que, les chevaux ne sont pas vraiment les génies du

règne animal. Ils sont incapables d'envisager cette éventualité.

Ainsi, aussi étrange que cela puisse paraître, le vrai cheval retrouva progressivement son calme. Pour lui, c'était plus ou moins comme si je n'étais pas là. Et le plus étrange, c'est que lorsque j'ai senti s'éveiller le cerveau de l'animal en moi et grandir ses instincts dans ma conscience humaine, j'ai ressenti exactement la même chose que lui. C'est-à-dire : un autre cheval, quel autre cheval ?

J'ai testé les sens de l'étalon. Une ouïe excellente, un bon odorat. La vue, en revanche, quelle catastrophe ! J'étais complètement myope, mais bien pire était la manière dont je pouvais regarder dans plusieurs directions à la fois. Mes yeux regardaient à droite et à gauche. Je n'avais pourtant aucune perception de la profondeur dans ces deux directions. J'étais incapable de dire si une personne qui se trouvait sur ma gauche était à un mètre ou à cinq mètres de moi. Si vous aviez posé deux bâtons sur le sol, j'aurais sans doute été incapable de dire lequel était le plus proche.

Mais, droit devant moi, il y avait une zone où ma vision se chevauchait. Je ne possédais une vision binoculaire, comme les humains et les aigles, que dans cette zone. J'étais capable de percevoir la profondeur, mais uniquement dans l'axe se trouvant droit devant moi.

C'était étrange. Ce qui était également étonnant, c'était la quantité d'énergie que possédait ce grand cheval. Comme si chaque muscle de mon corps était stimulé par une décharge électrique. J'étais un concentré de pure énergie sur quatre pattes.

Heureusement, il n'y a pas de grandes difficultés à contrôler le cerveau de cet animal. J'avais faim, mais il ne s'agissait pas d'une faim furieuse, démesurée comme chez certaines espèces. Je ressentais comme un besoin pressant, mais rien de comparable à l'hystérie, à la peur de manquer des petits animaux comme les souris ou les écureuils.

« Je peux maîtriser mes instincts, me dis-je à moi-même. Il n'y a qu'une chose à faire. Je dois sortir de cette stalle et de cette écurie. Ensuite, je démorphose et je retrouve les autres. D'accord, en fait, j'ai trois choses à faire. »

Il ne servait à rien de réfléchir plus longtemps. J'ai posé ma grosse tête sur le dessus de la porte et j'ai fait ce qu'aucun cheval n'a jamais eu l'intelligence de

faire : j'ai fait coulisser le petit verrou et j'ai poussé la porte de la stalle.

« Agis normalement, ai-je pensé. Oui, normalement, comme une fille qui se serait transformée en cheval de course… »

Je suis sortie.

Je pouvais voir dans deux directions simultanément, et j'ai ainsi pu repérer deux groupes de garçons d'écurie à l'autre de bout du bâtiment.

« Vas-y, continue à avancer doucement. »

Un des hommes s'est soudain figé sur place. Il m'a jeté un regard affolé. Et il s'est précipité vers moi en courant.

– Hé ! C'est Minneapolis Max ! Il est sorti de sa stalle. Comment ça a pu… Vite, il faut que quelqu'un le rattrape, sinon on va avoir de gros ennuis. Joe, attrape-le par sa bride ! Dépêche-toi, dépêche-toi, avant qu'il ne s'attaque à Cain !

Avec l'œil qui se trouvait de l'autre côté de ma tête, j'ai vu le garçon à qui j'avais donné un coup de pied quelques instants plus tôt. Il se précipita vers la stalle que je venais de quitter.

– Monsieur Hinckley ! Monsieur Hinckley ! Il y a un autre cheval ici qui ressemble exactement à…

– Arrête donc de dire des bêtises et apporte-moi son harnachement. Vite ! Vite !

– Oui, monsieur.

L'homme qui portait le nom de Hinckley s'est approché de moi doucement, avec précaution. Et il avait bien raison. Car le cheval qu'il y avait en moi était plutôt ombrageux. Comme un mélange de peur et de colère. De colère vis-à-vis de l'homme, certainement. Mais ce qui le rendait encore plus furieux, c'était l'odeur des autres étalons qui étaient enfermés là. Un en particulier. Son odeur me rentrait dans les naseaux et me mettait vraiment hors de moi.

Je ne savais pas si cet autre étalon réalisait qu'il se trouvait sur mon territoire, mais je m'apprêtais à avoir une explication musclée avec lui pour lui montrer qui était le patron ici.

– Hrrreee, heee, heee, heee, hrrrreeeee !

Je poussai un hennissement à crever les tympans pour prévenir que j'étais prête à combattre.

– Tout doux mon garçon ! Tu sais que tu cours dans la prochaine course alors tu as décidé de sortir tout seul, c'est ça ? Garde ton énergie, mon grand ! Tu es mon champion ! Tu es mon grand Minneapolis Max.

Et c'est alors que j'ai réalisé. Je ne suis pas une fan des courses de chevaux, mais ce nom fit tilt dans mon esprit perturbé. Je le connaissais.

J'avais tout simplement morphosé le cheval qui était donné favori pour le Grand Prix du Kentucky.

– Allez, viens là mon grand, nous avons une course à disputer.

Ça tombait vraiment bien. J'avais justement envie de courir.

CHAPITRE 16

< Cassie, c'est moi, Tobias. Je ne sais pas si tu m'entends, mais tu es la seule que je n'ai pas encore retrouvée. Si tu peux, fais-moi un signe, n'importe lequel. Où es-tu ? >

< Je suis là, sur la piste en bas >, lui répondis-je.

< Mais ? Tu dois avoir morphosé si tu utilises la parole mentale ! >

< Oui, effectivement, aucun doute là-dessus, j'ai bien morphosé. >

< Bon d'accord, mais où es-tu ? En quoi es-tu ? >

< Je suis en animorphe de cheval, Tobias. >

< Super ! Et où exactement ? >

Je soupirai.

< Regarde la piste. Tu vois les chevaux qu'on va installer dans les starting-gates ? Tu vois le cheval dont le

jockey porte une casaque rouge et verte ? Le numéro vingt-quatre ? >

< Tu plaisantes ou quoi ? >

< Non, Tobias, je ne plaisante pas. >

< Comment tu as fait pour te retrouver là ? >

< C'est une longue histoire. Et je n'ai pas le temps de te raconter tout ça maintenant. Je vais prendre le départ d'une course. >

Le jockey ne pesait pas plus lourd qu'une plume sur mon dos. Il ne me dérangeait absolument pas. Mais je ne supportais pas le mors dans ma bouche. C'était carrément exaspérant. Presque aussi exaspérant que l'étalon noir qui se trouvait quelques mètres plus loin.

Je m'ébrouai d'un air de défi à son intention.

– Tout doux, tout doux, fit le jockey.

Avec mon œil droit, je vis Marco se frayer un passage à travers la foule. Il agitait les bras comme un fou.

< Je te vois Marco. Tout va bien, ne t'inquiète pas. >

– Mais je ne m'inquiète pas, cria-t-il. Je veux seulement savoir si tu vas gagner. J'ai cinq dollars que je pourrais parier sur toi !

< Très drôle. Oui, vraiment très drôle ! >

Mon jockey secoua violemment ma bride et enfonça le bout de son pied dans mon flanc. Et cela peut paraître incroyable, mais je ne savais pas vraiment ce qu'il voulait que je fasse. Parce que, vous comprenez, quand j'ai morphosé en cet animal, j'ai acquis ses instincts, mais pas son expérience de cheval de course professionnel. Je n'avais pas été entraînée de longues heures comme Minneapolis Max.

Il fallait donc que je me débrouille par moi-même. Avec mon cerveau d'humain. J'étais à peu près sûre qu'il voulait que je me dirige vers les starting-gates. C'est donc ce que je fis.

Un entraîneur m'attendait près de la porte. L'homme au cigare. Son cigare était complètement imbibé de bave, encore plus que tout à l'heure.

– Il est toujours un peu récalcitrant à l'approche des portes, dit-il au jockey.

Ah, vraiment ? Bien, alors je vais leur montrer. Je relevai doucement ma tête avec fierté et j'avançai calmement dans l'étroite ouverture.

Mais une fois à l'intérieur, je réalisai pourquoi Minneapolis était récalcitrant. C'était pire qu'un cachot. Les lattes de bois qui formaient les parois me pressaient de chaque côté. J'étais pris au piège ! Au piège !

Courir !

Je me mis à vouloir reculer, agitant violemment mes pattes de devant dans les airs. Je tapai contre la porte avec mes sabots et poussai le hennissement le plus puissant que mes poumons me permettaient. Vlan !

– Hreeeeee heeee he !

– Du calme, Max, du calme, essaya de me rassurer le jockey.

J'étais terrorisée. Ou, plus exactement, mon cerveau de cheval était terrorisé. En plus, j'avais toujours l'odeur de cet autre puissant étalon dans les narines. Et, ça aussi, ça me rendait folle de rage.

Il faut m'excuser. Je n'avais plus vraiment ma tête à moi. Et quand le jockey m'a répété une fois encore de me tenir tranquille, j'ai fait quelque chose que je n'aurais pas dû faire. Quelque chose que je n'aurais jamais fait si j'avais été dans mon état normal.

< Toi, tiens-toi tranquille. Si tu crois que c'est marrant d'être coincée dans cette cage à rat >, ai-je dit en parole mentale.

La parole mentale est comme le courrier électronique sur Internet. Vous pouvez l'envoyer à qui vous voulez. Il m'a donc entendue. Je le sais, car je l'ai entendu grommeler :

– Quoi ? Mais qu'est-ce que c'est que ça ?

Brriiinnnnng !

Whap !

Une forte sonnerie a retenti, la porte s'est soudainement ouverte et je me suis mise à courir.

Je me suis ruée dehors en poussant sur les muscles puissants et tendus de mes membres postérieurs. J'ai jeté mes pattes avant dans le vide pour pouvoir me rattraper à la prochaine foulée. J'ai littéralement explosé. Explosé.

J'ai senti l'adrénaline envahir tout mon corps. A ma gauche, des chevaux ! A ma droite, des chevaux ! Ils s'éjectaient tous de leur minuscule prison. Ils couraient comme des fous, des sabots partout, des muscles se tendant et se relâchant, des crinières volant au vent, des queues fouettant l'air, des narines dilatées pour aspirer de grandes quantités d'air.

Je courais. Je courais, et les autres chevaux s'évanouissaient peu à peu de mon esprit. Comme si j'étais le seul cheval sur terre. Je voyais la piste devant moi, et c'était la seule chose qui m'importait. Tout ce que je voulais, c'était courir aussi longtemps qu'il y aurait de l'espace devant moi.

Je faisais ce pour quoi j'avais été programmée.

Pendant des millions d'années mon espèce avait évolué, et j'étais le résultat de cette évolution.

Je courais. C'était tout ce que je savais faire. C'était ce pour quoi j'étais faite.

Le jockey essayait de me ralentir. Il voulait que je garde des forces pour la fin de la course.

< Oublie la victoire, lui dis-je. L'important n'est pas de gagner, mais de courir. >

Je dois reconnaître qu'il s'est plutôt bien comporté, il ne s'est même pas évanoui. Il m'a laissé le contrôle de la situation et j'ai fait ce que les chevaux font en général : je me suis remué les sabots !

En prenant le virage, je les ai bien enfoncés dans la terre pour éviter de glisser. Je me suis ensuite déportée le long de la barrière blanche, coupant la route à un autre participant. Mais ça m'était bien égal. Ha ! ha ! Je fonçais. Et tout le monde n'avait qu'à se pousser sur mon passage !

Je continuai à suivre la piste. Pas de bruit, excepté ma propre respiration et le martèlement incessant de douzaines de sabots sur le sol boueux.

Le dernier tour ! Je me sentais fatiguée maintenant. Mes poumons étaient douloureux. Mes muscles me brûlaient. Je ressentais chaque nouvel impact de mes sabots sur le sol. Le moment était venu de ralentir. De se reposer un peu.

C'est alors que je le vis. Le grand étalon noir. Je l'ai vu se rapprocher subrepticement, se placer entre la barrière intérieure et moi. Et je l'ai vu me dépasser et prendre la tête.

– Ne faiblis pas maintenant, monsieur le cheval qui parle, me dit le jockey.

J'ai aperçu l'œil sauvage et triomphant de l'étalon noir. Et je me suis sentie bouillir intérieurement.

< Tiens bon, monsieur le jockey. Nous allons gagner cette course ! >

Plus facile à dire qu'à faire. L'autre cheval était vraiment très rapide. Très rapide. Mais je possédais quelque chose qu'il ne possédait pas : un cerveau humain. Grâce à cela, je savais que la ligne d'arrivée était toute proche. Je savais que je pouvais dépenser mes dernières réserves d'énergie pour courir encore et encore. Je pouvais surmonter mes instincts de cheval qui m'ordonnaient de ralentir.

J'allongeai mes foulées et repris le contrôle de la piste.

J'étais en tête !

Il était en tête !

J'étais en tête !

Il était en tête !

La foule était en délire et criait. Je distinguais des milliers de visages surexcités, la bouche grande ouverte. Leur clameur me donnait un supplément d'énergie.

La ligne d'arrivée !

Floc ! Floc ! Les flashs qui crépitent.

Zooom ! Je passe la ligne. Exactement trente centimètres devant l'autre étalon.

J'avais gagné !

Je crois que c'était la première fois de ma vie que je gagnais une quelconque compétition sportive. Bien sûr, j'étais un cheval mais, après tout, une victoire est une victoire.

CHAPITRE 17

Par chance, entre la fin de la course et le moment où ils m'ont retrouvée dans ma stalle, les autres avaient eu le temps d'acquérir une animorphe de cheval.

Nous nous sommes donc envolés vers les terres Arides. C'était un long voyage, rendu encore plus long par le fait que pendant tout le trajet nous avons eu le même sujet de conversation.

< Tout ce que je dis, c'est que ça pourrait vraiment être super, essaya de nous convaincre Marco. Nous morphosons en chevaux de course… >

< N'insiste pas Marco >, dit Jake.

< … et puis, en utilisant notre intelligence humaine, nous essayons de deviner si ce cheval est un possible vainqueur ou non. Et les autres font des paris. >

< Arrête de rêver, Marco >, fit Rachel.

< Nous miserions tout ce que nous avons comme

économies. Moi, je dois avoir à peu près vingt dollars. Et si nous parions cette somme à trois contre un, alors si je compte bien… >

< Marco, oublie tout ça, d'accord ? l'ai-je interrompu à mon tour. Ça ne serait pas honnête. >

< … nous pourrions gagner soixante dollars. Si nous parions cette somme encore à trois contre un, nous aurions cent quatre-vingts dollars. Encore à trois contre un, ça nous ferait cinq cent quarante ! Et puis mille six cent vingt ! Et puis quatre mille huit cent soixante ! >

< Comment peux-tu multiplier de tête comme ça ? s'étonna Rachel. C'est à peine si tu as la moyenne en maths. >

< Oui, mais c'est complètement différent quand il s'agit de multiplier de l'argent, lui expliqua Marco. Oui, complètement différent. >

Et cette conversation s'est répétée je ne sais combien de fois, avec de petites variantes, pendant tout le trajet.

< Eh ! s'est exclamé Tobias. Je crois que nous avons de la chance. Ne serait-ce pas les mêmes chevaux que ceux que nous avons vus la dernière fois ? >

< De bien modestes chevaux >, remarqua ironiquement Jake.

< Oui, pas de doutes, confirma Tobias. Je me souviens de leur marquage. Regardez la manière dont ils se déplacent. >

Je les observai avec mes yeux de mouette. Ils marchaient presque en file indienne. Comme des soldats. Pas vraiment comme des animaux sauvages. Mais autour de ce groupe bien discipliné, il y avait d'autres chevaux. Et ils se déplaçaient normalement, eux.

< Je crois que notre groupe de chevaux-Contrôleurs a été rejoint par une troupe de suiveurs. Et c'est tout à fait normal. Les vrais chevaux ne savent pas que ceux-ci ont été infestés par des Yirks. Alors, ils se sont joints à eux, en pensant qu'ils appartenaient à la même bande. >

< Et regarde où ils se dirigent, intervint Marco. Droit vers la base. Droit vers la Zone 91. >

< Je comprends ce qu'est un champ de course maintenant : un endroit où les chevaux se poursuivent en tournant en rond tandis que les humains poussent des cris tout autour. Mais, quelqu'un pourrait-il m'expliquer ce qu'est, au juste, la Zone 91 ? demanda Ax.

Vous parlez tous de ça, mais j'avoue que je ne comprends pas bien. >

< Tu sais déjà certainement ce qu'il se passe dans cette zone >, lança Marco d'un ton mauvais.

Jake soupira.

< C'est une base secrète. Ils prétendent que c'est un endroit où le gouvernement cache un engin spatial extraterrestre qui se serait soi-disant écrasé là il y a une cinquantaine d'années. >

< Qui sont ces « ils » ? > voulut savoir Ax.

< Marco, voilà qui « ils » sont, grogna Rachel. Des bêtises. Du délire. Une conspiration imaginaire. Des gens qui surfent sur Internet et qui se font appeler l'Informateur de l'ombre ou je ne sais quoi d'autre. >

< Ah, bien >, fit Ax, comme s'il comprenait.

Marco avait en tout cas raison pour une chose : les chevaux-Contrôleurs se dirigeaient bien vers la base.

Et bien sûr, les autres aussi, ceux qui avaient rejoint leur groupe.

< Il n'y a effectivement pas de meilleur moyen d'infiltrer la base, remarquai-je. J'ai vu des chevaux se promener à l'intérieur quand nous y étions. >

< C'est exact, approuva Jake. Et si vous désirez surveiller un groupe de chevaux-Contrôleurs, il n'y a

pas de meilleur moyen que de morphoser en cheval et de se joindre à la bande, comme l'ont fait les autres. Continuons un peu à voler, puis morphosons en cheval et mêlons-nous à eux pour voir où ils vont et ce qu'ils font. >

< Allez, agitez un peu vos ailes, fit gaiement Tobias. Nous avons encore du chemin à faire. >

< Tout ce que je voulais vous dire, c'est pensez un peu comme ce serait cool... >, recommença Marco.

Il nous fallut environ dix minutes pour prendre assez d'avance sur les chevaux-Contrôleurs et leurs compagnons. Nous nous sommes cachés derrière des rochers et nous avons morphosé dans nos corps d'étalons. Cette fois-ci, nous avons fait ça rapidement. Avant que les hommes de la sécurité ne puissent se douter qu'il y avait quelqu'un de dissimulé dans le paysage.

Après avoir morphosé, je me suis rendu compte que nous avions un problème.

< Nous sommes beaucoup trop soignés pour être de vieux chevaux errants tout poussiéreux, remarquai-je. Nous devrions nous rouler un peu dans la terre et courir parmi les ronces. Pour ressembler un peu plus à des animaux sauvages et non à de belles bêtes bien soignées. >

Le temps que les chevaux-Contrôleurs nous aient rejoints, nous étions sales, poussiéreux et ébouriffés à souhait. Mais nous étions quand même les plus beaux chevaux sauvages que personne ait jamais vu. Après tout, l'un d'entre nous venait quand même de gagner le Grand Prix du Kentucky.

< Attention, ils arrivent, nous prévint Jake. Essayez juste de paraître naturels. >

La bande s'approchait d'un pas tranquille. Deux des « vrais » animaux nous regardèrent d'un œil suspicieux et nous reniflèrent. Mais les Contrôleurs nous ignorèrent totalement.

Je résistai à ma stupide pulsion animale qui aurait voulu me pousser à défier dans un combat mortel les autres étalons. Nous avancions doucement, pas trop près, mais pas trop loin non plus des autres.

Et nous marchions au pas en faisant résonner nos sabots sur le sol, nous enfonçant toujours plus profondément au cœur de la mystérieuse Zone 91.

CHAPITRE 18

Toute la petite bande se dirigeait donc vers la base. Au fur et à mesure que nous avancions, nous passions devant des panneaux de plus en plus menaçants. Sur le dernier était inscrit cet avertissement : « Danger de mort ». Nous passions également devant des hommes et des femmes armés de mitraillettes.

Mais personne ne suspectait les chevaux.

Bien entendu, s'ils avaient pu entendre ce que nous avons alors entendu, ils auraient eu de sérieuses raisons d'être suspicieux.

" Hullak fimul fallanta gehel. Callis feellos. "

< Qui a dit ça ? > demandai-je.

< Humm... c'est ce cheval >, m'expliqua Rachel.

" Yall hellem. Fimul chall killim fullat ! "

< Celui-ci aussi se met à parler. Nous sommes en

plein cirque Bouglione ou quoi ? s'exclama Marco. Ou peut-être bien dans la quatrième dimension. >

< C'est du galard ! s'écria Ax. Ils parlent le galard ! >

< Deux questions, intervint Jake sur un ton énergique. Qu'est-ce que le galard, et peuvent-ils entendre notre parole mentale ? Et réponds à la seconde question d'abord. >

< Non, ils ne peuvent pas nous entendre. Le galard est une sorte de langage universel parlé par différents peuples de la galaxie. C'est la langue que parlent les gens quand ils appartiennent à des peuples différents et qu'ils ne partagent pas la même langue. Ces chevaux ont dû être munis de synthétiseurs vocaux. >

< Pourquoi les Yirks ne parleraient-ils pas la langue des Yirks ? > m'étonnai-je.

< Je ne sais pas, admit Ax. Mais les synthétiseurs vocaux standard utilisent le galard. Peut-être n'ont-ils pas pu s'en procurer de plus sophistiqués. Il est parfois plus simple de se servir de choses anciennes, qui ne sont pas à la pointe de la technologie. >

< Tu veux dire qu'ils ont acheté leurs synthétiseurs vocaux en solde ? > demanda Rachel.

< Au centre commercial Pluton II >, plaisanta Marco.

< Ax, est-ce que tu comprends ce qu'ils disent ? > voulut savoir Jake.

< Oui, bien sûr. Ils disent qu'ils vont bien suivre les instructions. « Si nous réussissons, nous en aurons terminé avec cette stupide mission, nous pourrons sortir de ces corps idiots et retourner à bord du vaisseau auquel nous appartenons. » Ce sont les paroles exactes du chef. >

< Oh ! oh ! remarqua gravement Tobias, ils se séparent. >

< Nous allons devoir nous séparer aussi pour suivre les deux groupes. Cassie, Tobias et moi, nous allons en suivre un. Ax, Rachel et Marco, vous allez suivre les autres. Ax ? Écoute-les bien, s'ils se remettent à parler. Et tiens-nous informés par parole mentale. >

< Entendu prince Jake. >

< Ne t'avais-je pas dit de ne pas m'appeler prince ? >

< Si, prince Jake. Tu me l'avais dit. >

Je vins me placer aux côtés de Jake, essayant de paraître comme n'importe quel vieux cheval marchant au pas et s'occupant de ses propres affaires.

< C'est quand même étrange, estimai-je. Ces animaux sont en mission, il n'y a aucun doute là-dessus.

Mais je suis pourtant surprise que personne n'ait remarqué qu'ils avaient un comportement bizarre. >

< Quelle personne saine d'esprit pourrait penser que des chevaux représentent un danger pour la sécurité ? > fit Tobias.

< Au fait, qu'est-ce que tu penses de cette animorphe de cheval ? > lui demandai-je en essayant de prolonger la conversation pour calmer ma nervosité.

< Comparée à celle d'un oiseau, elle est d'une lourdeur… Comparée à l'époque où je n'avais pas la capacité de morphoser avec vous autres, elle est géniale ! >

Nous étions sur le bord d'une route. De nombreux bâtiments en bois avaient été construits dans ce secteur de la base. Ils étaient bas, d'une couleur blanche délavée, et des numéros avaient été peints sur chacun d'entre eux. Pas très loin de là, il y avait une grande construction avec un parking à moitié rempli. Je ne pouvais pas voir assez bien avec mes faibles yeux pour lire ce qui était inscrit au-dessus de la porte, mais des gens sortaient en poussant des chariots pleins de marchandises.

< C'est le magasin de la base, expliqua Jake. Une sorte de centre commercial pour les personnes qui sont affectées ici. >

< Ça doit être plutôt ennuyeux de se retrouver ici. Il n'y a pas grand-chose d'autre à faire que de garder des secrets >, dit Rachel.

Deux Jeeps pleines de soldats en uniforme débouchèrent soudain sur la route. Nous avons fait un pas en arrière. Un comportement tout à fait inhabituel pour des chevaux. Mais personne ne le remarqua. Les hommes de la Jeep ne nous prêtèrent aucune attention. Ils avaient l'habitude de voir des centaines de chevaux traîner par ici.

Le soleil de l'après-midi était brûlant. Vraiment, vraiment chaud. Le cheval qui était en moi ne rêvait que de trouver un petit coin à l'ombre pour se reposer. Je repérai des tables de pique-nique qui avaient été installées sous des arbres le long du bâtiment qui abritait le centre commercial. Des gens sortaient des parts de pizza, d'autres du poulet grillé et des frites.

C'était étrange. J'étais un humain dans une animorphe de cheval. Je suivais des animaux qui avaient été infestés par des Yirks. Et nous étions tous en train d'essayer de savoir – si tel était le cas – quel secret était caché dans cette base.

Était-ce vrai ? Un vaisseau spatial s'était-il réellement écrasé ici dans les années cinquante ? Le

gouvernement avait-il gardé cette information secrète pendant toutes ces années ? Les Yirks étaient-ils déterminés à le récupérer pour éviter que les humains ne profitent de cet apport technologique et ne s'en servent ensuite ?

Qu'est-ce que pouvait bien cacher cette base ? Un vaisseau Cafard yirk ? Un vaisseau andalite ? Un appareil spatial appartenant à un autre peuple ?

< Hé Jake ? Tobias ? Vous ne sentez rien de bizarre ? > demandai-je.

< Je sens juste cette délicieuse odeur de frites qui vient du centre commercial >, me répondit Jake.

< Non, non pas ça. Sentez les chevaux-Contrôleurs. >

< Est-ce que tu veux que je... ? Oh... mais attends... tu veux dire cette odeur ? >

< La peur, observa Tobias. La nervosité. Une grande nervosité. S'ils sont effrayés, il faudrait que nous le soyons aussi. >

< Je peux faire ça >, fis-je d'un ton ironique.

Je regardai autour de moi, essayant de comprendre ce qui avait provoqué ces émotions que je pouvais sentir, au sens propre du mot. Je vis le second groupe de chevaux-Contrôleurs. Je vis Rachel,

Marco et Ax mêlés à un groupe de suiveurs. Ils allaient dans la même direction que nous, vers le même endroit.

Il s'agissait de l'un des hangars de la base. Un énorme hangar, haut comme un immeuble de quinze étages, avec des portes si grandes que vous auriez pu y faire passer un dinosaure. Il était en outre très bien gardé. Des soldats étaient postés devant l'entrée principale et à chaque coin du bâtiment. En jetant un coup d'œil en l'air, il m'a même semblé repérer un homme sur le toit avec un fusil automatique à la main.

Il y avait quelque chose d'écrit sur le côté du hangar. Mais j'avais beau plisser les yeux, je ne distinguais rien avec ma faible vue.

< Mes vrais yeux me manquent >, grommela Tobias.

Brrrinnnnnnggggggg ! Brrrrriiinnnnnnggggg !

Une sonnerie d'une puissance incroyable se mit à retentir. Je me cabrai sans pouvoir me maîtriser. Mais les chevaux-Contrôleurs, eux, n'eurent pas la moindre réaction. Aucune, à part qu'ils devinrent très attentifs et concentrés. Ils attendaient cette sonnerie.

Il s'agissait en fait d'une alarme. Elle précédait l'ouverture des portes principales du hangar. Je remar-

quai que les gardes épaulèrent leur mitraillette et se mirent en position de tir.

Krrr Chunnk ! Rrrrrreeeeeeeee !

Les portes commencèrent à s'ouvrir. Le bruit des moteurs qui les actionnaient résonnait fortement à mes oreilles.

Et c'est alors que le second groupe de chevaux se mit à courir. Trois chevaux-Contrôleurs suivis, après un court moment d'hésitation, par Marco, Ax et Rachel. Tous partirent bientôt au grand galop droit vers l'ouverture.

< Oh, non ! s'inquiéta Tobias. J'ai comme le désagréable pressentiment qu'ils vont bientôt se faire tirer dessus. >

< Pourquoi font-ils ça ? demandai-je. C'est complètement stupide. Pourquoi utiliser le corps d'un cheval et avoir la possibilité de se balader partout en passant inaperçu et, soudain, faire un truc pareil ? >

< Parce que l'approche en finesse ne doit pas fonctionner, remarqua Jake avec inquiétude. Vous vous souvenez ce qu'ils ont dit : accomplir la mission et quitter ces corps. C'est une opération kamikaze. >

< Qu'allons-nous faire, alors ? >

< Nous allons jouer à « qui m'aime me suive »,

reprit Jake qui ne semblait pas vraiment rassuré. En espérant que les Yirks ont bien préparé leur coup. >

Soudain, notre bande de chevaux-Contrôleurs s'est mise à galoper. Cela me fit sursauter, mais je me mis rapidement à leur courir après, suivie de près par Tobias et Jake.

Le premier groupe continuait à avancer à toute vitesse vers le hangar. Ils y étaient presque. Les hommes armés les regardaient d'un air stupéfait. Mais cet air stupéfait s'est rapidement transformé en perplexité puis, finalement… mais trop tard… en peur.

Paf !

Le cheval de tête heurta de plein fouet l'un des gardes qui fut éjecté contre un autre soldat. Une tempête de sabots s'abattit ensuite sur les deux hommes. J'ai pu voir nettement cette scène, même avec mes pauvres yeux de cheval, car nous étions tout près maintenant. Nous galopions toujours droit vers le hangar.

Nous y étions !

Tout ça paraissait incroyable ! Des soldats attaqués par des chevaux soi-disant fous. Des soldats jetés à terre.

– Sortez-moi ces chevaux d'ici ! hurla une voix.

– Neigh heh heh heh ! hennissaient les chevaux.

– Sergent, qu'est-ce que nous faisons ?

– Aaaaah !

– Hrrreeee heeee he he !

– Ouvrez le feu !

– Non, pas question, ne tirez pas ! Nous pourrions toucher ce qui se trouve à l'intérieur !

Nous nous retrouvions au beau milieu d'une pagaille indescriptible où étaient mêlés des soldats et des chevaux sautant, hennissant et courant dans tous les sens. Mais nous réussissions cependant à rester groupés et à passer à travers tout ça.

Nous avions pénétré dans l'endroit le plus secret de la terre.

CHAPITRE 19

Un bruit de tonnerre résonnait à l'intérieur du hangar.

Mes sabots heurtaient la surface lisse du sol de béton peint. Avec mes yeux implantés de chaque côté de mon crâne, j'apercevais en passant des équipements de toutes sortes, des rangées de consoles d'ordinateurs, des messages numériques clignotant sur les écrans.

Des hommes et des femmes en blouse blanche de laboratoire couraient comme s'ils avaient eu une meute de loups à leurs trousses. Des soldats en uniforme de l'armée de l'air les suivaient en agitant leurs armes en l'air. De vieux officiers avec des médailles accrochées sur leur poitrine se tenaient immobiles, les mains sur les hanches, avec une expression scandalisée sur le visage.

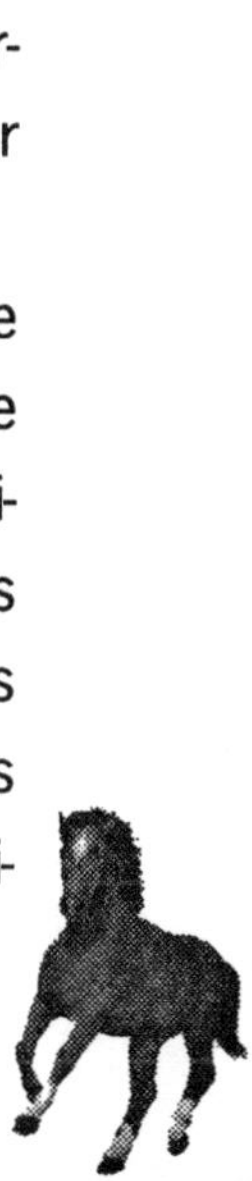

Et tout le monde hurlait.

– Mais qu'est-ce qui m'a fichu d'un bazar pareil ?

– Arrêtez ces chevaux !

– Tirez !

– Ne tirez pas !

– Au secours, je suis allergique aux chevaux !

C'était complètement fou. Mais pour vous dire la vérité, c'était drôle aussi. Minneapolis Max courait. Et tant qu'il courait, il se sentait bien.

Le moindre nerf de mon imposant corps de cheval me picotait. J'étais à la fois incroyablement effrayée et excitée, toujours habitée par cette envie de compétition. Je n'étais pas un cheval de labour. J'étais un fou de la course. J'étais né et entraîné pour être un champion ! Un étalon puissant, résistant et dominant !

Yee hah !

– Hree Heee He He !

Je poussais des hennissements sans raison, effrayant en passant une femme en blouse blanche qui laissa tomber son yaourt sur le sol.

Nous foncions comme des déments, les vrais chevaux sauvages, les chevaux infestés par les Yirks et nous, les Animorphs transformés en chevaux.

Et nous sommes entrés dans la pièce. On peut dire

qu'il s'agissait du centre, de la zone sensible, de la raison de toutes ces mesures de sécurité.

< Ça marche ! s'exclama Marco. Nous y sommes, nous y sommes ! >

Tout autour de nous, il y avait du verre. Du verre d'une épaisseur d'environ trente centimètres. A travers nous pouvions voir un piédestal d'acier brillant. Et entourant ce piédestal, il y avait des caméras, des capteurs, des fils, des lumières, des écrans clignotants et des rangées d'énormes ordinateurs. Baigné dans la lumière, haut perché sur ce piédestal, il y avait un objet qui n'était visiblement pas de notre planète.

Il ressemblait à un cube aux angles arrondis dont chaque côté mesurait environ deux mètres cinquante de large. Toute sa surface était couverte de tuyaux et de symboles peints.

Sur l'un des côtés, il y avait une ouverture assez grande pour permettre à un homme d'y pénétrer. J'ai juste réussi à jeter un coup d'œil à l'intérieur. Tout y paraissait lisse, d'une charmante couleur verte, baigné d'une douce lumière. Il y avait également des sortes de commandes sur l'une des parois.

< Alors c'est ça ! C'est ça ! Le secret le mieux gardé de toute l'histoire de l'humanité ! >

Je n'avais jamais senti Marco si heureux.

Jake, Ax, lui et moi, aux côtés des trois chevaux-Contrôleurs, fixions tous sans pouvoir bouger ce qu'il avait appelé « le secret le mieux gardé de toute l'histoire de l'humanité ».

" *Cullem fallat* ? " demanda l'un des chevaux-Contrôleurs.

< Il veut savoir ce que c'est >, traduisit simultanément Ax.

" *Jahalan fornella* ", fit un autre cheval.

Je n'avais pas besoin de l'aide d'Ax pour comprendre : les Yirks ne savaient absolument pas de quoi il s'agissait.

Ils y étaient arrivés. Ils s'étaient donné du mal pour ça. Ils avaient enfin pu poser le regard sur ce fabuleux secret. Et ils étaient incapables de deviner de quoi il s'agissait.

– Sergent ! Faites sortir ces chevaux immédiatement ! Immédiatement ! hurla un colonel.

– Oui, mon colonel ! Allez les chevaux, dehors !

Cela aurait quand même dû le surprendre car, aussi bizarre que cela puisse paraître, nous avons obéi. Les Animorphs et les Yirks, nous avons fait demi-tour et nous sommes sortis.

CHAPITRE 20

Il faisait nuit quand nous sommes repartis de l'endroit le plus secret de la terre.

Les chevaux-Contrôleurs s'étaient éloignés d'un air triste dans les terres Arides. Nous les avons suivis, gardant juste un peu de distance entre eux et nous. Nous étions dans nos animorphes depuis plus d'une heure, mais Jake décida que nous devions les garder encore un peu.

< Je ne comprends pas, se plaignit Marco. Je ne comprends rien. C'était un succès ! Les Yirks ont réussi. Ils ont pénétré dans le hangar. Ils ont vu... Nous avons tous vu ce qu'il y avait à l'intérieur. Alors pourquoi paraissent-ils si déprimés ? >

< Ax prétend qu'ils ne savent pas ce qu'est la chose qu'ils ont vue >, lui fit remarquer Jake.

< Ça ne ressemble pas vraiment à un vaisseau

spatial, admit Rachel. Mais c'est sans aucun doute quelque chose qui vient d'une autre planète. >

< Oui, mais quoi ? dis-je. Si les Yirks ne savent pas, si nous ne savons pas et si, comme ça a l'air d'être le cas, les scientifiques de la base ne savent pas non plus, à quoi bon continuer ? >

< *C'est un récit plein de bruit, de fureur, qu'un idiot raconte et qui n'a pas de sens*. Shakespeare, déclara Tobias. Tous ceux qui croient à l'existence d'une immense conspiration sont véritablement obsédés par ce qui se trouve dans ce hangar. Nous l'avons vu et nous ne savons même pas ce que c'est. >

< En fait… > commença Ax avant de s'arrêter.

< En fait quoi ? > voulut savoir Rachel.

< Eh bien… Je crois que je sais ce que c'est. C'est une sorte de… >

< Regardez ! > criai-je.

Un engin descendait à toute vitesse en piqué dans le ciel obscur du désert. Il survola le sol, juste quelques centimètres au-dessus des arbres rabougris et clairsemés. Il faisait tourbillonner la poussière en dessous de lui. Il n'était pas très gros, pas plus gros qu'un avion de chasse humain. Mais il avait la forme d'un gros insecte aérodynamique et sans tête.

De chaque côté dépassaient de longues pointes en dents de scie.

< Un vaisseau Cafard ! >

Je devais maîtriser mon envie instinctive de m'enfuir en courant. Mais ce qui était étrange, c'était que je pouvais sentir la peur qui habitait de nouveau les chevaux-Contrôleurs. Ils étaient effrayés par ce vaisseau Cafard. Encore plus effrayés que lorsqu'ils s'étaient lancés en courant vers le hangar.

Ou, plus probablement, terrorisés par la personne qui se trouvait à l'intérieur.

L'engin perdit encore de l'altitude, décrivit un cercle et vint se poser derrière un tas de rochers.

< Je ne peux pas croire que les radars installés dans la base ne l'aient pas repéré >, s'étonna Tobias.

< Les radars. Ne serait-ce pas ces machines humaines qui envoient des ondes sur les objets pour les détecter ? Je ne voudrais pas vous offenser, mais n'importe quel enfant andalite serait capable de construire un écran antiradar avec des pièces récupérées sur ses jouets. >

< Parfois, tu me tapes sérieusement sur les nerfs Ax, ronchonna Rachel. Et pourtant, habituellement, c'est le boulot de Marco. >

Nous avons suivi les chevaux-Contrôleurs qui sont passés derrière les rochers. Le vaisseau Cafard les attendait, déjà posé sur le sol. Mais la porte ne s'ouvrit que quand les Contrôleurs furent rangés face à elle. Ils étaient tous en proie à la terreur.

Une immense terreur qui me faisait deviner qui était à l'intérieur de l'engin.

La porte du vaisseau s'ouvrit.

Un guerrier hork-bajir en sortit. Deux mètres de lames coupantes comme des rasoirs. Il bougea sa tête de serpent cornu de droite à gauche. Il était armé d'un lance-rayons Dracon.

Une fois qu'il eut vérifié qu'il n'y avait aucun danger à l'horizon, l'autre occupant du Cafard sortit rapidement dans l'air frais du soir.

Un Andalite apparut. Tout du moins, un corps d'Andalite. Car il ne s'agissait évidemment pas d'un véritable Andalite.

< Vysserk Trois >, dis-je.

Ce n'était pas vraiment une surprise.

< Ouais, approuva Jake d'un ton sinistre. Toute cette affaire devient d'un seul coup beaucoup plus sérieuse. >

Vysserk Trois : chef des forces yirks sur la Terre.

Chef de l'invasion de notre planète par son peuple de limaces. Le seul Yirk de l'histoire à avoir réussi à prendre le contrôle d'un corps andalite. Le seul Yirk dans tout l'univers à posséder le pouvoir andalite de morphoser et de s'exprimer par parole mentale.

Notre ennemi suprême. L'ennemi suprême de la race humaine.

< Au rapport >, déclara-t-il d'une manière tout à fait anodine.

Le chef des chevaux-Contrôleurs commença à répondre en galard.

“ *Vysserk, gahallum fillak...* ”

< Ne me faites pas perdre mon temps. Avez-vous réussi ou avez-vous échoué ? >

“ *Vysserk, kir fillan...* ”

Fwapppp !

La queue d'Andalite du Vysserk se déplaça si rapidement qu'elle fendit l'air sans bruit. La lame meurtrière s'arrêta à quelques centimètres seulement de la gorge du cheval-Contrôleur. Une simple secousse et la tête s'en irait rouler dans la poussière.

< Êtes-vous entrés dans la base, oui ou non ? >

Selon Ax, le Contrôleur répondit oui à cette question.

< Avez-vous vu l'objet que les humains y cachent ? L'objet qui, nous le savons, est construit avec des alliages extraterrestres. >

A cette question également il répondit oui.

< Et pouvez-vous me dire de quoi il s'agit ? >

Le cheval-Contrôleur hésita. Et c'est alors que Vysserk Trois donna un petit coup avec sa queue.

< Imbéciles ! Idiots ! Incompétents ! s'écria-t-il fou de rage en parole mentale. Vous avez gâché des semaines d'efforts. D'abord, nous avons perdu ce bon à rien de Korin cinq-quatre-sept, qui s'est fait mordre par un serpent. Et maintenant nous venons de nous séparer de ce pauvre Jillay neuf-deux-six ! >

Vysserk montrait le corps mutilé du cheval-Contrôleur comme si quelqu'un d'autre que lui avait été responsable de sa mort.

< Et nous ne savons toujours pas ce que vous avez vu ? >

Il était fou de rage. Et quand Vysserk Trois est dans cet état-là, il est plus que dangereux. Les autres Contrôleurs reculèrent timidement.

< Je veux connaître ce secret ! >

Il parlait maintenant sans élever le ton, d'une voix mentale sinistre.

< Je veux connaître ce secret ! >

Pendant un instant, personne ne bougea, ne parla, ni même ne respira. Personne, et pas même moi, ne voulut risquer d'attirer l'attention de Vysserk en colère. Et puis…

< D'accord, très bien, j'ai puni le responsable de cet échec. Des transporteurs vont venir chercher le reste de la troupe. Nous avons toujours notre plan de rechange. C'est d'ailleurs le meilleur. Nous aurons simplement à prendre le contrôle d'humains travaillant à la base. Avez-vous au moins repéré les bonnes cibles à infester, bande d'imbéciles ? >

“ *Jihal, Vysserk !* ” s'exclama l'un des Contrôleurs.

< Parfait. Vous pouvez partir. Nous nous occuperons de ces humains demain et nous… >

Il se tut soudain.

< Ces chevaux. Qu'est-ce qu'ils font avec vous ? Ils ne sont pas des nôtres. >

Les Contrôleurs expliquèrent en galard qu'il était tout à fait normal pour des chevaux de vivre en groupe. Qu'il était même souhaitable que ces animaux soient là. Qu'ils constituaient une sorte de camouflage.

Ce n'était visiblement pas la réponse que Vysserk

voulait entendre. Il dirigea ses yeux tentaculaires droit vers moi.

< Vous êtes vraiment trop bêtes ! Vous ne réalisez donc pas que les résistants andalites qui nous harcèlent peuvent morphoser en n'importe quel animal, et notamment en cheval. Je vais tuer ceux-là pour m'assurer que ce ne sont pas eux. >

< Personne ne bouge. Vous faites exactement comme si vous n'aviez rien entendu >, chuchotai-je aux autres.

J'ai baissé ma grosse tête brune et me suis mise à brouter une touffe d'herbe sur le sol. Puis j'ai fait ce que les chevaux font parfois. Et je n'ai pas lésiné sur la quantité !

Vysserk a laissé échapper un rire supérieur.

< Après tout, je pense que ce sont bien de vrais chevaux. >

Je poussai un soupir de soulagement.

< Mais il sera quand même plus prudent de les tuer. >

< Oh ! oh ! > fis-je.

Le guerrier hork-bajir leva son lance-rayons Dracon dans notre direction. Un second Hork-Bajir sortit en courant du Cafard.

Je sentis le frisson de la terreur. J'ordonnai à mon corps de s'enfuir en courant. Mais je n'étais pas seule dans ma tête. Minneapolis Max était là lui aussi. Et lui, il n'avait aucune envie de fuir.

Les muscles de mon arrière-train se raidirent soudain, et avant que j'aie pu comprendre ce qui arrivait, je me suis mise à courir. Mais pas à m'enfuir. Je fonçais droit sur le premier Hork-Bajir.

– Hrrrreeeee ! Heeee he he ! hennis-je.

Je me cabrai et agitai comme une folle mes sabots de devant dans les airs.

Je ne pouvais pas vraiment viser. Vous savez, les chevaux ne sont pas des prédateurs. Mais je les agitai droit devant moi et juste au moment où le Hork-Bajir allait appuyer sur la détente…

Bonk !

– Raaaahhh ! hurla le monstre.

Il lâcha son arme. Elle tomba bruyamment sur le sol et je me précipitai dessus. Je retombai en plein sur elle.

Crunch !

J'aimerais pouvoir dire que c'était calculé. Mais la vérité, c'est qu'avec mes deux yeux de cheval plantés de chaque côté de mon crâne, je peux à peine voir

mes sabots. J'ai donc laissé faire le hasard. Et le hasard a bien fait les choses, mieux que je n'aurais sans doute pu faire.

< Quel coup de patte ! > s'exclama Jake.

Maintenant Minneapolis Max était prêt à s'enfuir. Alors je me suis enfuie. Avec tous les autres je me suis mise à galoper.

Les deux Hork-Bajirs se sont lancés à notre poursuite.

< Si jamais ils nous rattrapent, nous finirons en pâtée pour chien, nous prévint Rachel. Deux Hork-Bajirs contre six chevaux, nous ne ferions pas le poids. >

Elle avait raison. Et même si nous avions été cent chevaux contre deux Hork-Bajirs, nous n'aurions eu aucune chance.

< Est-ce que les Hork-Bajirs sont rapides ? > lui demandai-je.

Elle avait déjà été un Hork-Bajir*.

< Oui, ils sont rapides >, me fit-elle gravement.

Nous avons foncé. Nous avons galopé. Mais les deux monstres bondissants nous suivaient de près.

Tout à coup, nous avons vu apparaître des phares qui

* voir *La mutation* (Animorphs n°13)

arrivaient à toute allure sur nous. Des Jeeps ! Les soldats chargés de la sécurité venaient voir ce qu'il se passait.

Nous avons continué à galoper, mais les Hork-Bajirs, eux, ont hésité. Quand je tournai la tête pour regarder derrière moi, ils avaient disparu.

< Cette mission était vraiment absurde du début à la fin, remarqua Rachel alors que nous étions déjà loin de la Zone 91. Nous aurions pu nous faire tuer. Et pour quoi ? Pour une chose que les Yirks n'ont même pas réussi à identifier. >

< Quelle que soit cette chose, ça ne ressemble en tout cas pas à un vaisseau spatial >, dut admettre Marco.

< Ou à une arme secrète, ajouta Jake. Et ça ne semble pas vraiment être une invention humaine. Enfin, qui sait ? >

< Ce n'est effectivement pas un vaisseau spatial, intervint Ax. Ni une arme. Et ce n'est pas humain. >

< De toute façon, je pense que nous ne saurons jamais de quoi il s'agit >, soupirai-je.

< Et pourquoi ça ? > s'étonna Ax.

< Parce que ça ne vaudrait pas le coup de risquer encore nos vies pour ça, repris-je. Si même les Yirks ne savent pas ce que c'est… >

< C'est normal que les Yirks l'ignorent, dit calmement Ax. Ils ne sont jamais montés à bord d'un vaisseau Dôme andalite. >

Les uns après les autres, nous nous sommes tous arrêtés de marcher. Puis nous nous sommes tous tournés vers Ax.

< Ax, serais-tu en train de nous dire que tu sais ce qu'est cet objet ? > fit Tobias.

< Bien sûr, j'avais commencé à vous le dire, mais nous avons été interrompus.>

< Mais alors ? C'est quoi ? > s'impatienta Marco.

< Il s'agit d'un ancien modèle de module éjectable appartenant à la première génération des vaisseaux Dômes andalites. Quand ces modules sont trop usagés, ils sont propulsés dans l'espace. Ils sont en général dirigés vers une étoile et s'enflamment lorsqu'ils la heurtent. Celui-ci a dû dévier de sa trajectoire et être attiré par l'attraction terrestre. >

< Alors, c'est un engin spatial ? >

< C'est une arme ? >

< Non, en fait… C'est… Eh bien c'est embarras-

sant à vous dire. C'est une cabine hygiénique éjectable de vaisseau Dôme andalite. >

Tout le monde resta silencieux pendant une bonne minute. Ce fut Marco qui reprit le premier la parole. < Tu veux dire que l'endroit le plus secret de la terre, la légendaire Zone 91, le Saint-Graal de tous les allumés des conspirations, renferme en fin de compte des toilettes andalites ? >

< Enfin, un modèle très ancien, expliqua Ax avec condescendance. Depuis cette époque, nous avons fait d'énormes progrès dans ce domaine. >

CHAPITRE 21

Nous avons quitté nos animorphes de chevaux pour nous transformer en oiseaux et nous sommes rentrés chez nous.

Nous seuls connaissions le secret de la Zone 91. Une base entière construite pour analyser et étudier ce qu'ils croyaient être un vaisseau spatial extraterrestre et qui n'était en réalité que des WC jetables.

D'après Ax, il n'y avait absolument aucune chance pour que cet objet andalite permette aux humains de progresser dans la conquête spatiale.

Nous avions fait des choses très importantes depuis que nous étions des Animorphs. Nous avions participé à des batailles cruciales pour le sort de l'humanité.

Mais ce n'était pas vraiment le cas pour cette mission.

Je suis arrivée à la maison et me suis dirigée directement dans la salle à manger où m'attendaient mes parents.

Ils avaient leur tête des mauvais jours.

– Où étais-tu ? me demanda ma mère.

C'est toujours elle qui se charge des problèmes de discipline, elle sait que mon père en serait incapable. Elle croit avoir plus d'autorité. Elle pense ça parce que c'est la vérité.

– J'étais sortie avec Rachel, dis-je.

Ce qui était plus ou moins exact.

– Sortie avec Rachel ? Et pour faire quoi ?

Ma mère éleva alors la voix :

– Tu n'es pas rentrée pour dîner. Il fait nuit dehors. Et tu ne nous as pas dit où tu allais.

Ma mère est plutôt grande. Mais quand elle est en colère, elle paraît immense, comme si elle devenait aussi haute qu'une tour penchée au-dessus de ma tête. C'est étrange. Je veux dire, en temps normal elle a peut être dix centimètres de plus que moi, mais là, elle me semblait mesurer au moins deux mètres cinquante.

– Nous étions inquiets, ajouta mon père d'une voix douce et calme.

Je soupirai. Je sentais un fort sentiment de culpabilité grandir en moi. Je déteste ça quand je les vois mécontents. En plus, je comprenais parfaitement qu'ils avaient pu s'inquiéter à mon sujet. Moi aussi je me faisais toujours du souci pour Rachel, Jake et les autres. Parfois, allongée au fond de mon lit, la nuit, je me faisais même du souci pour la terre entière.

– Je suis vraiment désolée, m'excusai-je.

– Je-te-demande-où-tu-es-allée-jeune-fille, reprit ma mère en insistant sur tous les mots.

– J'étais juste avec Rachel. Et Jake...

Mes parents ont échangé un regard. Mon père a mis sa main devant sa bouche pour dissimuler un sourire. En même temps, il faisait de gros efforts pour garder son air sévère.

Ma mère se pencha légèrement en arrière et mit ses mains sur les hanches.

– Nous avons déjà parlé de ces rendez-vous, commença-t-elle. Et je croyais que nous avions dit que vous étiez un petit peu jeunes pour ça.

– Des rendez-vous ? répétai-je doucement.

Ma mère soupira, puis elle secoua la tête.

– Peut-être serait-il temps que nous ayons une conversation à propos des roses et des choux.

Je sentis le sang me monter au visage. Rapidement mes joues, puis mon cou devinrent rouges et me brûlèrent.

– Mais euh... ça n'était pas un rendez-vous.

– Mais il n'y a pas de honte à ça, remarqua mon père avec son air bourru. Tu es une jeune fille normale, tu as certaines... enfin certains centres d'intérêt... une curiosité bien naturelle pour...

A cet instant précis, j'aurais voulu creuser un énorme trou dans le salon, me plonger dedans et mettre le tapis par-dessus ma tête.

– Tu sais ce que je veux, c'est que tu nous dises la vérité, insista ma mère toujours d'un ton sévère. Ne nous fais plus de frayeurs comme ça.

– D'accord ! Je vous le jure ! Jamais je ne vous referai ça ! Est-ce que je peux y aller maintenant ?

J'ai quitté précipitamment le salon pour me rendre dans la cuisine. Je voulais me faire un sandwich, l'emporter dans ma chambre et essayer de faire enfin quelques-uns de mes devoirs.

Et je ne désirais vraiment pas me lancer dans une grande discussion sur les garçons. Merci bien !

J'allais sortir des tranches de jambon du réfrigérateur quand soudain un doute me traversa l'esprit. Je

retournai sur la pointe des pieds vers la porte de la cuisine et collai mon oreille tout contre.

J'entendis ma mère parler avec assurance.

– Tu as vu ?

– Tu avais raison, comme d'habitude, concéda mon père.

– C'est le seul moyen. Il faut voir les choses en face. Cassie travaille déjà si dur, que pouvons-nous faire ? On ne peut pas l'enfermer dans sa chambre et l'empêcher de sortir.

– Cassie est une fille bien.

Cette réflexion me fit chaud au cœur. Il est important de se sentir aimé par ses parents. Mais, encore mieux, je sentais qu'ils m'appréciaient en tant que personne.

– Oui, nous avons une fille bien, approuva ma mère. Mais, dans ces moments-là, quand elle semble un peu perdue, le seul moyen de lui faire entendre raison est de lui dire des choses un peu embarrassantes.

Ils se mirent tous les deux à rire.

– La prochaine fois, nous pourrions lui faire croire que nous voudrions avoir une discussion avec Jake et ses parents à propos de cette relation, ajouta ma mère.

Les rires repartirent de plus belle. Ha ! ha ! ha ! ha !

– Ou comme plan de rechange, nous pourrions la menacer d'organiser une rencontre avec le père Banion pour parler de ses problèmes intimes.

Ça, c'était une suggestion de mon père.

Il n'en fallait pas plus pour que je me remette à rougir. Comme ça, mes parents savaient que j'étais particulièrement attachée à Jake. Et ils savaient que n'importe quelle discussion sur ce sujet serait embarrassante pour moi.

Ah, les parents ! On ne peut jamais vraiment leur faire confiance.

Je finis de préparer mon sandwich et montai dans ma chambre. Ma chambre était une zone sinistrée. Je ne suis pas une personne très soigneuse. Je me suis approchée de mon bureau, j'ai poussé un peu le bazar qui se trouvait dessus pour me faire un peu de place pour travailler, et j'ai ouvert mon classeur pour voir ce que...

Un plan de rechange ?

C'est le terme qu'avait employé mon père. Et c'est aussi celui qu'avait utilisé Vysserk Trois.

Un plan de rechange ? Pourquoi les Yirks auraient-ils eu besoin d'un plan de rechange ? Après tout, ils

avaient découvert ce que renfermait la Zone 91 et qui n'était rien d'autre que des WC. C'est vrai qu'ils n'avaient pas pu identifier ce qu'ils avaient vu, mais ils étaient quand même sûrs qu'il ne s'agissait pas d'un vaisseau ni d'une arme yirk.

Pourquoi s'intéressaient-ils donc encore à ça ?

J'essayai de chasser ces pensées de mon esprit. Quelle importance cela pouvait-il bien avoir maintenant ? Nous avions perdu assez de temps avec la Zone 91. Nous devions nous soucier de choses plus sérieuses à présent. Comme de nos devoirs. Et du fait que mes parents en savaient plus sur moi que je ne l'aurais souhaité.

Je me mis un peu au travail avant d'aller me coucher. A quatre heures du matin, je me réveillai. Je m'assis brusquement dans mon lit et fixai les ténèbres. Je me mis à parler à voix basse :

– Alors c'était des toilettes. Ce n'est pas important. Ce sont des toilettes extraterrestres ! Des toilettes extraterrestres ! Un point c'est tout !

Mais bien sûr ! Même si il s'agissait juste de WC cela signifiait que le gouvernement avait des preuves de l'existence de la vie sur une autre planète. Une preuve que les Yirks ne souhaitaient pas qu'ils détiennent.

Les Yirks étaient en train d'envahir la Terre. Une des raisons pour lesquelles ils pouvaient le faire en toute tranquillité était qu'aucune personne sensée ne pourrait jamais croire une histoire pareille. Même si je passais au journal de vingt heures pour annoncer que des extraterrestres envahissent notre planète, qui me croirait ? Même si je me mettais à morphoser devant tout le monde, les gens penseraient juste que je suis une sorte de phénomène de la nature.

Mais si le gouvernement sortait de sa réserve et déclarait : « Nous avons les preuves qu'il existe une vie sur d'autres planètes… » Alors là, les gens écouteraient avec leurs oreilles grandes ouvertes. Et ils seraient plus disposés à croire que les Yirks sont parmi nous.

Voilà la raison pour laquelle ils n'allaient pas laisser tomber la Zone 91. Ils ne pouvaient pas se permettre que le gouvernement ait une preuve d'une vie extraterrestre.

Il y avait donc un plan de rechange. C'est bien ce que Vysserk avait dit.

Et j'eus soudain une intuition de ce que ça pouvait être. Demain soir à dix-neuf heures, un grand nombre de personnes travaillant à la Zone 91 devait se rendre

au Parc. C'est ce qui était inscrit sur la feuille de papier que j'avais vue à la base.

J'avais la certitude que les Yirks profiteraient de cette occasion pour agir. Il n'y aurait pas de meilleur moment pour capturer quelques personnes bien placées et leur enfoncer une limace gluante dans l'oreille.

En fait, il y avait certainement plein de lieux mieux appropriés pour faire ça. Mais Vysserk Trois n'était pas vraiment réputé pour sa patience. Et cette visite au Parc était ce qui lui permettrait d'agir le plus rapidement.

CHAPITRE 22

Le Parc est une sorte de mélange entre un zoo et un parc d'attractions.

Les deux activités sont séparées, bien évidemment. Les montagnes russes et les autos tamponneuses d'un côté du lagon artificiel, les espaces aménagés pour les animaux de l'autre.

Je passe beaucoup de temps dans la partie zoo du Parc, mais très peu dans la partie fête foraine. Je n'aime pas les montagnes russes.

Vue d'en haut, la zone réservée aux animaux paraît plus petite que lorsque vous la parcourez à pied. Une fois redescendu sur terre, quand on marche dans les allées en béton roses et vertes, elle vous semble sans fin. Lorsque vous êtes dans le ciel, en animorphe de hibou, vous découvrez comment chaque sentier finit par en rejoindre un autre comme dans un labyrinthe

circulaire. Vous pouvez voir les limites du Parc et le monde qui l'entoure, ainsi que le long cordon formé par les enseignes lumineuses des hôtels environnants et les parcours de golf.

Bien sûr, en animorphe de hibou, vous pouvez également repérer une souris dissimulée dans un buisson obscur. Quand vous êtes un hibou, il y a en fait peu de choses que vous ne pouvez pas voir.

Le Parc, de nuit, est vraiment divisé en deux. En dessous de nous, les tigres rôdaient aux limites de leur habitat boisé et entouré de douves. Les chameaux somnolaient. Les lions de mer étaient blottis les uns contre les autres sur leur île artificielle peinte en bleu. Les singes dormaient, mais n'en continuaient pas moins à se gratter occasionnellement les oreilles pour en retirer un insecte parasite et le manger.

Quand vous survoliez le parc d'attractions, un tout autre spectacle s'offrait à vos yeux : une débauche de néons multicolores. La grande roue se perdait dans un flamboiement de bleu, le manège baignait dans le rouge et le jaune et les montagnes russes étaient criblées d'éclairs lumineux.

Je vis un flash ! C'était à la Descente de l'enfer. Les gens étaient pris en photo au moment de la chute finale. J'entendis des cris d'excitation joyeuse et de frayeur feinte.

En plus de posséder des yeux exceptionnels, le hibou pouvait entendre les battements d'ailes d'un moustique à dix mètres à la ronde. Tobias n'était pas aussi chanceux. Il ne possédait pas d'animorphe de hibou et avait donc son habituel corps de faucon à queue rousse. Ces rapaces ne voient pas très bien la nuit et n'aiment pas voler dans ces conditions.

Mais j'y pense ! Des flashs à la Descente de l'enfer ?

< Hé ! il y a des gens en bas ! Et il ne devrait pas y en avoir. Ils ne devaient pas arriver au Parc avant huit heures ! >

< S'ils sont là, alors les Yirks sont là aussi, remarqua froidement Rachel. Mais que font-ils ici si tôt ? >

< Je n'en sais rien, il me semble pourtant qu'il y avait bien marqué huit heures sur le prospectus. Dix-neuf heures, c'est bien huit heures, non ? >

< Ah non, pas vraiment, ricana Marco. Oh la vache, ils sont là depuis une heure déjà ! Si ça se trouve, les Yirks ont déjà infesté ceux qu'ils visaient ! >

< Est-ce que ce sont bien eux là en bas ? Est-ce que ce sont bien les gens de la Zone 91 ? > demandai-je.

Jake prit alors la parole d'un ton neutre, en essayant de ne pas me mettre trop mal à l'aise.

< Ce sont des hommes entre vingt et trente ans avec des cheveux coupés très courts. Sans aucun doute des militaires. >

Je leur avais expliqué tout ça très tôt ce matin. Le Parc était parfois loué à des groupes pour l'organisation de soirées privées. Spécialement les soirs où il n'y avait pas beaucoup de monde, comme le dimanche.

La Zone 91 avait donc offert une soirée aux soldats et à leurs familles. Bien sûr, elle n'avait pas été réservée sous le nom Zone 91, mais sous celui de Gondor industrie.

J'avais recherché toute la journée sur Internet, juste pour être complètement sûre. Et je n'avais pas trouvé trace de l'existence de Gondor industrie. C'était une pure invention. J'étais assez fière de ma perspicacité et de mon professionnalisme.

Malheureusement, l'horaire que j'avais fourni n'était pas vraiment le bon. Tout ça parce que je ne comprenais pas bien la manière dont les militaires indiquaient les heures.

< Mais j'y pense, qui est resté sur place pour

garder précieusement les WC de l'espace ? > se moqua Marco.

< Je suis persuadé qu'il reste encore plein de monde en poste là-bas, le rassura Jake. De toute manière, ce n'est pas notre problème. Notre problème, c'est que nous devons de toute urgence essayer de découvrir le plan des Yirks. Tout ce que nous savons, c'est qu'ils vont profiter de cette soirée pour essayer de transformer des personnes en poste à la Zone 91 en Contrôleurs. Mais où ? Dans quel endroit de cet immense parc d'attractions vont-ils passer à l'action ? >

De toute urgence ! Et tout ça à cause de moi ! A cause de moi ! Ça n'était pas possible, j'avais tout gâché ! Des femmes et des hommes innocents allaient être transformés en Contrôleurs à cause de ma stupidité !

« Réfléchis ! Où ? Où les Yirks pourraient-ils bien faire ça ? »

< Il y a deux endroits possibles, dis-je. Ils ont besoin d'un endroit où ils pourront se saisir des gens sans être vus, d'accord ? La Descente de l'enfer passe par un tunnel obscur. La Maison des horreurs a aussi ça. Ce sont les deux seules attractions à posséder ça. >

< D'accord, divisons-nous >, ordonna sèchement Jake.

< Cassie, toi et Marco vous venez avec moi dans la Descente de l'enfer. Rachel, Tobias et Ax vous allez surveiller la Maison des horreurs. >

Nous nous sommes donc séparés en deux groupes. Jake, Marco et moi avons volé rapidement vers notre but. Je n'arrêtais pas de m'en vouloir :

< Comment ai-je pu être si stupide ? >

< Tu n'es pas stupide, me rassura Jake. Nous ne nous serions même pas doutés de ce qu'il se passait si tu ne nous avais pas alertés. >

< La prochaine fois, tu y penseras. Il suffit juste de soustraire douze pour avoir l'heure exacte >, expliqua Marco.

< Hum ? >

< Pour lire l'heure utilisée par les militaires. Tu n'as qu'à soustraire douze. >

Après un court silence, il ajouta :

< Tu me reçois ? >

La Descente de l'enfer avait été conçue pour ressembler à une montagne. Bien sûr, il ne s'agissait que de ciment et de végétation artificielle, mais c'était plutôt ressemblant. Nous nous sommes posés au sommet.

< Et maintenant ? fit Marco. Nous devrions entrer à l'intérieur. Est-ce qu'il est possible de voler là-dedans ? >

< Oui, mais si nous restons en animorphe de hibou, nous ne serons pas capables de faire grand-chose d'autre que de battre des ailes, observa Jake. Nous devrions redevenir humains. >

Nous avons démorphosé aussi rapidement que possible et, quelques minutes plus tard, nous descendions le long de la montagne de ciment revêtus de nos tenues d'animorphe. Et sans chaussures... Par chance, les gens qui viennent au Parc s'habillent parfois de manière bien plus étrange. Quelques curieux jetèrent un coup d'œil dans notre direction, puis détournèrent rapidement la tête.

Comme il n'y avait que la centaine de personnes de la Zone 91 qui avaient accès au Parc, les files d'attente n'étaient pas très longues. Certaines personnes étaient accompagnées de leurs enfants, notre présence ne paraissait donc pas trop étrange, même si la majorité des gens qui composaient la foule avait la boule à zéro et portait une moustache soigneusement taillée.

Nous sommes donc montés dans la Descente de l'enfer. Nous étions installés dans une espèce de

canot qu'on avait décoré en tronc d'arbre, Jake devant avec moi, Marco juste derrière nous, et un homme et une femme encore derrière lui sur les derniers sièges.

Notre tronc d'arbre glissa lentement sur l'eau et se dirigea vers un mécanisme élévateur.

– Tout ça pourrait être très drôle s'il ne s'agissait pas d'une question de vie ou de mort, dit Marco. J'aime bien la Descente de l'enfer. Pas autant que les montagnes russes, bien sûr, mais le grand plongeon de la fin dans le bassin est vraiment cool.

– Cette voix, s'exclama quelqu'un. Je connais cette voix !

Je me retournai pour voir qui avait parlé. Je fus pétrifiée en m'apercevant qu'il s'agissait du capitaine Torrelli en personne, le soldat qui nous avait interrogés quand nous nous étions fait prendre dans la Zone 91. Au même moment, notre canot fut agrippé par le mécanisme qui devait nous monter au sommet.

Chunk !

– Vous ! s'écria le capitaine.

Marco se retourna à son tour.

– Oh ! oh !

– Que se passe-t-il, voulut savoir Jake.

Clankclankclankclankclankclankclankclankclank !

Nous étions perchés au-dessus de l'eau, coincés dans nos sièges humides.

– Vous êtes en état d'arrestation ! hurla le capitaine.

– Chéri, mais que se passe-t-il enfin ? lui demanda la femme qui l'accompagnait.

– Oui, que se passe-t-il ? répéta Jake.

– C'est le type de la Zone 91, chuchotai-je à son oreille. Il nous a reconnus Marco et moi.

– Oh, oh…

– Vous feriez mieux de ne pas bouger ! reprit le capitaine.

C'est alors que nous avons atteint le sommet de la montagne.

Pendant une seconde, nous sommes restés suspendus en équilibre. Puis le canot a basculé en avant et nous avons été entraînés par la gravité.

– Aaaaaaaaah ! cria le militaire.

– Aaaaaaaaah ! criai-je à mon tour car j'ai horreur de ce genre d'attraction.

– Je vous tiens ! ajouta-t-il.

Et nous sommes tombés.

Whoooooosh !

Et puis… splaaaaaash !

De l'eau tout autour de nous ! Le canot tangua violemment le long d'un étroit canal que surplombait la reconstitution d'un camp de trappeurs.

– Si les Yirks doivent attaquer, ils le feront dans le tunnel qu'il y a droit devant, murmura Jake. Il y fait nuit noire, comme dans le Tunnel de l'amour.

Je voulais lui demander comment il connaissait le Tunnel de l'amour, mais nous avions des affaires plus urgentes à régler.

– De toute manière, il va falloir que nous sautions si nous voulons échapper au capitaine.

Marco se retourna sur son siège et mit son bras sur le dossier qui le séparait du soldat.

– Vous savez, vous dites que vous voulez nous arrêter, mais vous faites partie de la police militaire, non ? Et nous ne sommes pas dans une base militaire.

Le capitaine lui lança un regard mauvais. Il sortit un téléphone portable de sa poche et composa un numéro.

– Allô, la sécurité du Parc ? Le capitaine Torrelli à l'appareil, code numéro 8-7-2-9-9. J'aurais besoin…

– Bien joué, admit Marco en haussant les sourcils.

– Voilà qui n'arrange pas nos affaires, fis-je.

– Nous arrivons dans le tunnel, nous prévint Jake. Tenez-vous prêts.

Le canot buta contre une porte et s'enfonça dans le noir absolu.

– Maintenant ! cria Jake.

Je me levai de mon siège, me tournai sur la gauche. L'obscurité. Je me tournai sur la droite. Pareil. Mais pas une demi-obscurité, comme lorsque vous éteignez la lumière le soir dans votre chambre. Une obscurité totale, comme si vous aviez soudainement perdu la vue.

Je sautai du canot en espérant avoir de la chance.

CHAPITRE 23

Ne croyez jamais que vous allez avoir de la chance.

Mon pied ne trouva aucun appui. J'essayai de revenir en arrière, mais il était trop tard. Je basculai par-dessus bord.

– Aaaahhh !

Splash ! J'avais de l'eau jusqu'à la taille ! Bang ! Je me cognai contre la bordure du canal.

– Aïe ! Mon front !

Je glissai et tombai la tête la première dans la rivière artificielle. Je sentis le courant me porter.

Et puis j'ai entendu la voix de Marco :

– Oooof ! Owwww !

– Petits voyous, vous n'allez pas m'échapper comme ça !

Plooouuufff !

– Aaarg !

– Owww !

– Hé, faites un peu attention avec votre bateau !

Bonk !

Une main m'agrippa soudain ! Je donnai un violent coup de poing.

– Aie ! Ne me démolis pas l'épaule ! s'exclama Jake.

– Oh pardon !

– Restez où vous êtes bande de vauriens, vous m'entendez !

Et tout à coup, de la lumière ! De la lumière partout ! J'avais été entraînée par le courant en dehors du tunnel. J'étais de retour en plein air, à contempler les lumières incandescentes des néons.

J'ai voulu me mettre debout, mais le courant était trop fort et me tirait par les pieds. Je flottais sans pouvoir rien faire.

Derrière moi, il y avait un autre canot rempli de soldats coiffés en brosse. Entre moi et ce canot, il y avait trois têtes qui émergeaient de la surface de l'eau : Jake, Marco et le capitaine Torrelli vraiment très très en colère.

– Cassie, sors de là !

– Oh non, on ne s'en sortira jamais ! grogna Marco.

– Vous allez me payer tout ça, je vous le jure ! nous menaça Torrelli.

Bump bump bump ! Squuueeeeeegeee !

J'étais coincée dans un virage. J'essayai d'attraper le rebord de la palissade et de me soulever pour sortir de l'eau, mais j'étais trop faible et le courant était trop fort.

Que pouvais-je faire ? Je ne pouvais pas morphoser. Il y avait trop de témoins. Il ne me restait plus qu'à me laisser entraîner en attendant...

En attendant le grand saut !

– Aaaaahhh ! hurlai-je.

– Je crois que Cassie vient juste de réaliser ce qui nous attend, fit Marco.

– Aaaaaahhh ! approuvai-je.

Encore un virage.

Bumpbumpbump ! Squuuueeeegee !

Et puis, juste quelques mètres devant nous, juste devant le bateau duquel nous avions plongé, j'ai vu un canot disparaître. Et j'ai entendu des cris. Des cris de joie. Totalement différents de mes cris à moi.

– Aaaaahhhh !

Je fonçais droit vers la chute d'eau. Et je ne pouvais rien faire pour stopper ma course.

– Non ! Non ! Noooooon !

– Oh, c'est pas vrai ! Nooooon !

– C'est complètement dingue ! Aaaaaaahh !

– Sales gosses, vous ne vous en tirerez pas comme ça ! Noooonnn !

Et nous avons été précipités dans le vide. Je me suis mise à glisser sur les fesses le long d'une chute d'eau de quinze mètres de haut. Ce qui n'est déjà pas rien. Mais en plus, juste quelques mètres au-dessus de moi, tombaient deux garçons et un homme en colère.

Et, en dessous de moi, se trouvait un canot. Un canot contre lequel on risquait bien de tous s'écraser comme des cafards.

Je continuai à tomber… et à crier !

Plaaaash !

J'ai atterri droit dans le lagon et j'ai essayé de dégager sur la gauche mon corps détrempé aussi rapidement que j'ai pu. Je fus alors heurtée par quelque chose. Mais ce n'était pas un bateau.

– Ha ! Cindy Crawford ! Tu crois que je ne me souviens plus de ton nom, hein ? Tu es en état d'arrestation !

Le capitaine Torrelli exultait.

A cet instant, il glissa et sa tête disparut sous l'eau juste le temps que je réussisse à m'enfuir.

Nous nous sommes rejoints à la sortie de l'attraction. Trois ados détrempés, pieds nus et en tenue d'aérobic.

– Vous savez, on s'est quand même bien marrés, estima Marco. Si vous mettez de côté le fait qu'on aurait pu se faire écraser par un bateau.

Jake tenta tant bien que mal d'essorer ses cheveux.

– Bien, rien dans la Descente de l'enfer. Pas de Yirks ici.

– La Maison des horreurs, dis-je. Ce ne peut être que dans la Maison des horreurs.

Et nous nous sommes mis en route pour rejoindre cette attraction. Mais comme nous commencions à courir pour ne pas perdre de temps, nous avons entendu une voix qui criait :

– Police ! A l'aide ! La sécurité du Parc !

Alors nous avons couru plus vite.

CHAPITRE 24

Nous foncions droit vers la Maison des horreurs avec nos pieds humides qui faisaient de gros splosh ! splosh ! à chaque pas. Elle se trouvait à peu près au milieu du parc d'attractions.

Quand nous sommes arrivés devant, j'avais le souffle court, un point de côté et je transpirais tout ce que je savais.

– Et maintenant ? demanda Marco.

– Maintenant, nous retrouvons les autres, ordonna Jake.

– Mais ils peuvent très bien avoir morphosé, nous ne savons pas à quoi ils peuvent ressembler, observai-je.

– Exact. Et il faut également que nous sachions très vite si les Yirks vont bien se servir de cette attraction pour infester le personnel de la Zone 91.

– Même si nous n'avons aucune information sur les Contrôleurs qu'ils vont utiliser, des hommes, des Hork-Bajirs ou je ne sais quoi encore, repris-je.

– Exact.

– Et nous devons en plus éviter de nous faire arrêter par un capitaine de l'US Air Force qui tente de protéger par tous les moyens l'endroit le plus secret de la Terre où sont cachés de vieux WC andalites, ajoutai-je.

Marco partit d'un rire moqueur.

– Est-ce que vous ne croyez pas qu'on est devenus fous ? Vous savez, on n'est peut-être qu'une bande de malades mentaux incurables échappés de l'hôpital psychiatrique du coin.

– Hé, Marco, nous sommes en train de sauver le monde ! lui fis-je remarquer.

– C'est ce que tous les fous affirment.

– Allez, viens mon ami le zinzin, fit Jake en se dirigeant vers l'entrée de la Maison des horreurs.

Dans cette attraction, on ne retrouvait pas de bateaux montés sur des rails, mais des voitures montées sur des rails. J'étais soulagée de constater que, au moins, il n'y avait pas d'eau.

Nous avons grimpé tous les trois dans une voiture. La personne qui occupait le quatrième siège était un homme d'environ trente ans. Il nous sourit et nous demanda :

– Vous êtes sûrs que ce n'est pas un peu trop effrayant pour vous ?

– Non, monsieur. En fait, nous avons une assez bonne expérience des choses effrayantes, remarquai-je.

– Je ne vois pas les autres, murmura Jake tandis que la voiture commençait à avancer le long du rail en nous secouant.

– Boo ah ah hah hah ! se mit soudain à hurler un squelette mécanique.

– Méfiance ! Méfiance pauvres mortels qui venez d'entrer en ce lieu ! annonça une voix tonitruante qui sortait des haut-parleurs. Nous vous réservons de bien horribles surprises !

Soudain :

– Aaaaaaargggghhh !

Une marionnette de pirate qui tenait sa tête tranchée dans une main agitait violemment son sabre dans notre direction.

Un énorme cobra tourna sa monstrueuse tête de reptile vers nous et nous fixa de ses yeux verts étincelants.

– Ouais, pas mal ! estima Marco. Mais ils

auraient quand même pu faire des efforts pour les trucages.

– Pourquoi êtes-vous si cyniques les enfants ? demanda l'homme aux cheveux rasés.

– Nous regardons trop la télé, lui répondit Marco.

La voiture alla buter en tourbillonnant contre une porte qui nous mena dans une deuxième salle. Dans un éclair de lumière, j'aperçus la voiture qui était juste derrière nous. Elle était également occupée par quatre personnes : le capitaine Torrelli et trois gardes du Parc en uniforme.

– Mais qu'est-ce qu'il a à nous suivre ce type ?

– Hé capitaine, vous vous amusez bien ? s'écria le soldat en civil qui était avec nous.

– Airman Jones ! hurla Torrelli. Ne laissez pas ces gamins s'échapper !

– Ces gamins ? s'étonna le dénommé Airman en nous montrant du doigt.

– Affirmatif, ces gamins ! En tout cas, la fille et le garçon avec le petit sourire narquois !

Notre voiture fit alors un écart violent et un vol de fantômes gémissant passa au-dessus de nos têtes.

– Ce capitaine Torrelli, quel blagueur incorrigible, dis-je calmement au jeune homme.

– Le capitaine Torrelli n'a jamais blagué de sa vie, grommela-t-il. Et vous, les gosses, vous avez intérêt à vous tenir tranquilles jusqu'à ce qu'il se soit expliqué avec vous.

Une fois dépassé les fantômes, notre promenade devint subitement étrange. Très étrange même.

Vous voyez, je ne sais pas par quel miracle, le créateur de cette attraction avait réussi à modeler des reproductions parfaites de six guerriers hork-bajirs. Et, derrière eux, tout aussi immobile, se tenait une créature avec un corps de cerf, une queue de scorpion et un visage sans bouche. Ils étaient vraiment très bien imités. Peut-être parce qu'il ne s'agissait pas d'imitations…

Vysserk Trois était dans la Maison des horreurs.

– Ok, alors là je suis vraiment effrayé, admit Marco.

– Où peuvent bien être Rachel, Tobias et Ax ? demanda Jake à voix basse.

– Ici, fis-je.

Je lui montrai une réplique immobile, mais parfaite, de l'une des créatures les plus effrayantes qui soient sur cette terre : un ours grizzly d'environ cinq cents kilos. L'animal était debout sur ses pattes de derrière. Il ne faisait pas le moindre mouvement. En regardant attentivement, on pouvait cependant voir qu'il respirait.

Perché sur une épaule de l'ours se trouvait un faucon. Il faisait trop sombre pour pouvoir distinguer nettement ses plumes, mais je pouvais deviner sans peine qu'elles étaient rousses. Et pour compléter cet étrange tableau, un serpent à sonnette était enroulé autour d'une des pattes avant du grizzly.

Rachel et les autres avaient dû repérer les Yirks avant qu'ils ne prennent leurs positions. Ils les avaient donc devancés et ils attendaient maintenant qu'ils passent à l'attaque.

Un haut-parleur retentit.

– Nyah ha ha ha ha hah ! Bienvenue au cimetière des vampires !

Et au milieu des Hork-Bajirs, de Vysserk et de mes amis l'ours, le faucon et le serpent à sonnette, apparurent des tombes en carton-pâte ornées de têtes de mort.

– C'est vraiment l'endroit le plus réussi du parcours, s'extasia Jones. Ces gros monstres couverts de lames sont vraiment criants de vérité !

Je haussai les sourcils, mais mon estomac, lui, se noua.

– Je pense que la suite ne va pas être belle à voir, soupira Marco.

CHAPITRE 25

N'avez-vous jamais pressenti qu'il va se passer quelque chose avant même que ça n'arrive ? Comme si vous étiez une sorte de médium. Mais habituellement, c'est simplement que votre cerveau a rassemblé des informations et qu'il a eu la chance de deviner juste.

Soudain, avant que tout ne bascule irrémédiablement, j'ai donc eu une illumination : quand nous l'avons vu dans les terres Arides, Vysserk avait demandé à avoir une liste des humains qui pourraient lui être utiles. Et qui pouvait être plus utile aux Yirks que le chef de la sécurité de la Zone 91 ?

Il n'y avait plus de temps à perdre.

– Ils vont s'attaquer à Torrelli ! criai-je.

Notre voiture fit un bond en avant et passa devant l'endroit où se tenaient les Hork-Bajirs et les

Animorphs. J'ai entendu un cri, et je savais que ce n'était pas un cri d'excitation mêlé de joie, comme ceux qui résonnaient habituellement dans cet endroit.

Jake sauta de la voiture. Je fis de même et allai heurter Marco. La voiture qui vint cogner contre une porte étroite faillit nous écraser tous les trois.

Je retombai sur les genoux. Nous étions en plein milieu de la charmante scène jouée par les Yirks et les Animorphs. Nous étions maintenant nous aussi des acteurs de la Maison des horreurs. Et ça tournait carrément au macabre.

Six Hork-Bajirs bondirent sur la voiture du capitaine Torrelli. C'est son cri que j'avais entendu.

Un des gardes en uniforme dégaina son arme. Mais trop lentement ! Une centaine de fois trop lentement pour surprendre un Hork-Bajir !

Slash ! Avec sa lame de poignet, le monstre frappa l'homme qui hurla de douleur :

– Aaaaahhhhh !

Le Hork-Bajir arracha les gardes de leur siège et les jeta littéralement dans le décor. Le capitaine était maintenant seul dans le véhicule. Deux Hork-Bajirs l'attrapèrent, délicatement pour ne pas lui faire de mal, et le soulevèrent comme s'il était une poupée.

Et pendant tout ce temps, ce stupide haut-parleur continuait à débiter ses menaces :

– Nyah hah hah hah ! Bienvenue dans le cimetière des vampires.

Mais le capitaine Torrelli n'était pas seul.

– Rrrrraaawwrrr ! grogna Rachel de sa puissante voix de grizzly.

Elle jeta son serpent à sonnette droit sur le premier Hork-Bajir.

Le serpent – Ax en animorphe – s'enroula autour du cou du monstre et planta profondément ses crocs remplis de venin dans sa chair.

– Tseeeeer !

Tobias lui-même partit à l'assaut, les serres en avant, et visa les yeux vulnérables du second Hork-Bajir.

Mais il restait encore quatre énormes monstres couverts de lames, sans compter Vysserk Trois. Et même Rachel ne pouvait pas s'en sortir toute seule. Ce n'était pourtant pas l'envie qui lui en manquait. Je vous jure que je l'ai vue sourire, de son sourire d'ours, quand elle donna un violent coup de son énorme patte – de la taille d'une poêle à frire – dans la tête d'un Hork-Bajir.

Vlaaaammmmm ! Le monstre bascula en arrière, complètement assommé.

Schlump ! Il heurta le sol.

< Les résistants andalites ! > hurla Vysserk Trois en parole mentale.

C'est ce que les Yirks pensent que nous sommes : des résistants andalites. Ils croient cela car nous pouvons morphoser, or seuls les Andalites possèdent la technologie de la morphose.

< Nous ne pouvons rester pour combattre, grogna Vysserk. Non pas que l'envie me manque d'écraser ces vermines, mais nous avons des priorités ! Emportez l'humain ! >

– Nous devons morphoser ! nous ordonna Jake. Profitons de l'obscurité et faisons vite avant que Vysserk ne s'en aille !

J'avais déjà commencé. Nous devions mener une bataille. Il me fallait quelque chose de puissant. Quelque chose d'extrêmement dangereux.

– Ils emmènent le capitaine, nous alerta Marco.

– Nous ne pouvons rien faire pour l'instant. Il nous faut plus de puissance. Morphosez vite ! s'écria Jake.

Mon corps avait commencé à se transformer. J'étais déjà recouverte d'une épaisse fourrure grise. Ma bouche devint rapidement un museau qui s'orna de longs crocs acérés.

< J'aurais besoin d'un peu d'aide par ici ! > nous prévint Rachel qui était en train de balancer un autre Hork-Bajir contre un mur.

Quant au monstre qui avait été mordu par Ax morphosé en serpent, il titubait dangereusement.

Mais Vysserk Trois et deux Hork-Bajirs s'enfuyaient en emmenant le capitaine Torrelli.

– Super ! s'exclama une voix. Cette attraction est vraiment très réussie.

A ma plus grande stupéfaction, je vis que les gens continuaient à défiler dans les voitures ! Toutes les dix secondes passait un véhicule dont les occupants devaient penser que c'était la meilleure Maison des horreurs qu'ils n'aient jamais visitée.

– Regardez ! Un loup-garou !

Un enfant me montra du doigt. Heureusement, nous étions tous dissimulés par l'obscurité et personne n'aurait pu nous reconnaître.

Je finissais juste de morphoser. J'étais passée, aussi rapidement que je l'avais pu, de l'état d'humain à celui de loup.

Rachel poussait des grognements terribles, Tobias

des cris suraigus tout en battant des ailes dans tous les sens. Ax cherchait une nouvelle victime à mordre. Tout cela était bien beau, mais Vysserk Trois tenait le capitaine Torrelli. Et il s'était enfui.

J'ai jeté un coup d'œil à Jake. Il finissait de morphoser en tigre. J'ai regardé Marco. Il était presque devenu un gorille. C'est alors que j'ai senti les instincts du loup s'éveiller en moi. C'était un moment rare. Rien sur terre n'égalait le sens de l'odorat du loup. Et pas grand-chose ne dépassait la puissance de son ouïe.

Je pouvais dire avec précision où le capitaine avait été emmené. Je pouvais sentir chaque pas qu'on l'avait forcé à faire. Puis, soudain, les trois Hork-Bajirs qui restaient se sont sauvés en courant. Ils partaient rejoindre Vysserk Trois et Torrelli.

< Suivons-les ! > ordonna Jake.

Fwapp ! Fwapp ! Crunnch ! Un flot de lumière ! Des néons éblouissants ! Cela m'a pris quelques secondes pour comprendre ce qu'il se passait. Et puis j'ai compris : Vysserk Trois avait utilisé sa queue d'Andalite pour fendre un mur de la Maison des horreurs. Ses guerriers hork-bajirs avaient ensuite fini de l'abattre.

Et tout ce beau monde s'enfuyait en courant à travers le Parc.

CHAPITRE 26

Un maléfique Andalite-Contrôleur et six Hork-Bajirs – dont plusieurs chancelaient en raison des blessures infligées par Rachel, Tobias et Ax – fonçaient dans la nuit illuminée par la clarté des néons et entraînaient avec eux le pauvre capitaine Torrelli.

Ils étaient poursuivis par un faucon à queue rousse, un tigre, un loup, un grizzly et un gorille portant un serpent à sonnette autour du cou.

– Au secours ! Au secours ! criait le capitaine.

< Retournons vite au vaisseau ! > ordonnait Vysserk Trois.

< Poursuivons-les ! > ordonnait Jake.

< C'est complètement dingue ! Complètement dingue ! > répétait Marco.

Sans oublier l'orchestre qui jouait *Tiens voilà du boudin* ! à grands coups de tuba et de grosse caisse.

Oui, j'ai bien dit l'orchestre. Car la grande parade organisée chaque soir par le Parc empruntait justement la même allée que nous. Elle comprenait un orchestre de cuivres, une troupe de danseurs et, le meilleur de tout, un défilé composé de célèbres personnages de dessins animés.

Bugs Bunny, Daffy Duck, Titi et Gros Minet, Popeye et Woodywoodpecker. Ils étaient tous dans des costumes d'au moins deux mètres de haut et dansaient parmi des flots de lumière qui illuminaient le ciel.

Je courais le plus vite possible. J'étais plus rapide que Rachel et plus endurante que Jake. Les Yirks se déplaçaient rapidement eux aussi et filaient droit sur la parade.

Soudain Daffy Duck fit un bond et vint se placer juste devant Vysserk Trois ! Le chef des Yirks releva brusquement sa queue meurtrière. Elle siffla dans les airs et la tête du célèbre canard roula sur le sol.

< Nooon ! > hurlai-je.

La fille qui était à l'intérieur du déguisement sortit alors sa tête du cou du déguisement et s'écria :

– Hé, mais il est fou celui-là ou quoi ?

< Huummm ! grogna le Vysserk. Quelle est cette drôle de créature ? >

Il ralentit un peu, juste quelques secondes, pour observer cet être étrange qui avait une petite tête à l'intérieur d'une grosse tête. Et nous avons profité de ce court répit pour le rattraper.

Jake grogna si fort que la barbe à papa d'un petit garçon qui se trouvait pas très loin de lui en trembla.

– Rrrrroooooaaaarrrr !

Nous sommes tous passés à l'attaque. Je sautai à la gorge du Hork-Bajir le plus proche en ouvrant grand ma gueule pour découvrir mes crocs jaunâtres. Le monstre voulut me donner un coup de lame de coude, mais je l'esquivai à une vitesse phénoménale. La lame toucha à peine ma fourrure. Il essaya alors de me déchirer de ses griffes, mais en vain.

Une furieuse bataille s'engagea : Rachel contre deux monstres ; Jake plantant ses crocs de tigre dans un autre ; Marco se servant de l'animorphe de serpent d'Ax comme d'un lasso, le lançant pour qu'il morde et le tirant en arrière pour le récupérer.

Tobias, lui, utilisait toute son adresse et sa rapidité de faucon pour essayer de déchirer les yeux tentaculaires de l'Andalite-Contrôleur.

– Youaahou ! s'exclama une voix.

– Génial ! fit une autre.

Et les gens se mirent à applaudir avec enthousiasme. Sans nous en rendre compte, nous étions au beau milieu de la parade. Nous faisions maintenant partie du spectacle.

Et les gens adoraient ça !

J'abandonnai mon Hork-Bajir. Il était désormais hors de combat. Je me précipitai vers celui qui traînait le capitaine. Il tentait de se frayer un passage à travers la parade, bousculant au passage Bugs Bunny, Popeye et l'orchestre qui jouait maintenant *Au clair de la lune*.

– Vas-y ! Vas-y ! m'encourageaient au passage des enfants comme si j'étais un chien.

La foule devenait trop dense et je perdis de vue le capitaine Torrelli. Mais je pouvais encore le sentir. Je pouvais sentir la moindre petite odeur laissée par ses chaussures. Des milliers de parfums que j'étais capable d'identifier facilement arrivaient en fait jusqu'à mes narines, qu'il s'agisse de pommes d'amour, de la graisse qui lubrifiait les mécanismes de la grande roue ou du gel qu'une femme s'était mis dans les cheveux. C'était presque trop…

Mais je me concentrai intensément sur une seule et unique odeur : quelques molécules flottant dans l'air et qui disaient à mon museau de loup : « Torrelli est passé par là. » Je baissai la tête pour mieux sentir le sol et me faufilai parmi la foule. En passant les gens me caressaient, d'autres me bousculaient. Mais je n'y faisais pas attention. Mes narines de loup étaient en action et il n'était pas question que je perde la trace du capitaine.

La foule diminua. Je regardai à droite, à gauche. Je ne vis rien. Suivant la piste des odeurs, je me décidai à prendre sur la gauche, et mes oreilles de loup distinguèrent une voix parmi toutes les voix et tous les sons qui résonnaient dans le Parc.

– Vous êtes complices de ces satanés gosses, hein ? s'énerva le capitaine Torrelli en s'adressant au Hork-Bajir.

Je me mis à courir à toute vitesse pour les rattraper. Je les vis ! Un Hork-Bajir entraînant le capitaine. Le Contrôleur poussa violemment un petit garçon qui avait demandé à sa mère de le prendre en photo avec le monstre.

Je calculai mon approche et tendis les muscles de mon arrière-train. Je me suis envolée dans les airs en visant bien la nuque de ma victime.

– Rrrrumpf !

– Arrrgggghhh ! hurla l'extraterrestre.

Le capitaine Torrelli put se libérer et se mit à courir comme si sa vie en dépendait. Ce qui était effectivement le cas.

Je relâchai l'étreinte de mes mâchoires et retombai sur le sol. Le Hork-Bajir et moi nous sommes regardés d'un air menaçant pendant quelques secondes. Nous nous observions comme l'auraient fait deux boxeurs sur un ring. C'est alors que nous avons vu et entendu Vysserk arriver au galop. Ses sabots d'Andalite résonnaient sur le sol.

Le monstre se précipita pour rejoindre son chef suprême et ce fut la fin de l'invasion du Parc par les Yirks.

Quelques instants plus tard, les autres vinrent me rejoindre. Dans le ciel au-dessus de nos têtes, nous avons alors vu filer deux vaisseaux Cafards.

Les Yirks avaient posé leurs engins à la vue de tous, au sommet de l'attraction nommée l'Aventure extraterrestre. Alors que les Cafards s'éloignaient vers les étoiles, j'ai remarqué un petit enfant qui remuait la tête avec dégoût.

– N'importe quoi, les vaisseaux extraterrestres ne ressemblent pas à ça ! s'exclama-t-il.

– Tu as bien raison, approuva son grand-père. Je suis déjà monté à bord d'un vaisseau extraterrestre. Ils ont fait plein d'expériences médicales sur moi. Et je peux te dire que leur soucoupe volante n'avait pas du tout cette allure.

CHAPITRE 27

La version officielle de cette histoire, telle qu'elle fut racontée à la télévision locale et dans les journaux, prétendit qu'une bande de petits farceurs s'étaient déguisés en monstres et avaient dévasté la Maison des horreurs. Ils avaient également organisé une parodie d'enlèvement pour se moquer d'un capitaine de l'armée de l'air, le capitaine Torrelli, qui n'avait heureusement été blessé que très superficiellement.

Le capitaine était cité dans le journal et avait déclaré : « Ce sont des enfants dont j'ai les noms ! Je lance donc un avis de recherche contre Fox Mulder, Dana Scully et Cindy Crawford. »

Le journaliste demanda ensuite au capitaine s'il n'avait pas abusé de l'alcool ce soir-là. Et quand on lui avait demandé ce qu'un officier de l'armée de l'air pouvait bien faire dans une soirée organisée par Gondor industrie, il avait répondu : « Pas de commentaire. Oubliez tout ce que je viens de vous dire. Je me suis trompé. Il ne s'est rien passé du tout. »

Le lendemain, nous nous sommes réunis dans la grange de ma ferme. Jake, Rachel, Tobias, Ax, Marco et moi. Les Animorphs quoi ! Les six adolescents qui essaient de sauver le monde.

– Juste une question, fit Rachel. Ne devrions-nous pas dire au capitaine Torrelli, en toute honnêteté et en toute franchise, qu'il est en fait le gardien de toilettes extraterrestres ?

Je secouai doucement la tête.

– Non Rachel, dis-je. Ce ne serait vraiment pas gentil. Lui et les autres ont un but dans la vie grâce à cela. De quel droit viendrions-nous tout gâcher et les couvrir de ridicule ?

– Ooooh, quelle sagesse, se moqua gentiment Marco. Très profond.

– L'endroit le plus secret de la terre le restera donc, remarqua Jake pensivement. C'est peut-être mieux ainsi.

< Les Yirks ne vont pas abandonner, ils vont conti-

nuer à essayer de percer le secret de la Zone 91 >, nous prévint Ax.

– Oui, mais le capitaine va vraiment être sur ses gardes désormais, le rassura Jake.

– Après tout, je pense que ça n'est pas plus mal. Ça va occuper un peu les Yirks et les empêcher de faire quelque chose de plus dangereux, ajouta Rachel en rigolant. Tout le monde a besoin d'avoir des projets dans la vie, non ? Tout le monde a besoin d'une cause à défendre. D'une quête. D'une mission.

Tout en disant cela, elle regardait l'ourlet de mon jean. Puis elle agita doucement la tête.

– Tu l'as acheté quand celui-là ? Quand tu avais quatre ans ? me demanda-t-elle.

– Ce jean est très bien.

– Oui, en cas d'inondation.

– Eh, attends une minute, repris-je. Est-ce que ce n'est pas comme ça que toute cette histoire a commencé ?

– Laisse tomber Rachel, rigola Jake, nous n'allons pas tout recommencer depuis le début. Pas question.

– Sauf peut-être pour les courses de chevaux,

intervint Marco. Vous voyez, je me disais que si nous morphosions tous en chevaux de course et que nous faisions des paris...

Et c'est alors que je vidai un seau d'eau sur la tête de Marco et que nous sommes ensuite tous rentrés chez nous !

L'aventure continue...

Ils sont parmi nous !
Ne Les laissez pas vous contrôler, lisez...

Le secret

Animorphs n°9

Et découvrez dès maintenant
ce qui vous attend !

« Il n'y avait pas de lumière. Pas du tout. Mais ça n'avait pas d'importance, car j'étais aveugle. J'étais aveugle, mais je n'étais pas perdue.

« Mais qu'est-ce que je fais ? » a demandé une voix étrangère. Je l'ai ignorée. « Non ! » a crié la voix.

J'avais déjà entendu cette voix. Mais elle venait de très loin et s'exprimait dans une langue que je ne comprenais pas. « Non ! Non ! Non ! Laissez-moi partir ! »

Je me suis sentie prise d'une espèce de nausée. Pourtant, j'ai continué de foncer le long du tunnel, tournant par ici, tournant par là. En avançant constamment vers un but. Il y avait une odeur très forte. De plus en plus forte. Je me dirigeais vers elle. Il fallait que je la rejoigne.

« Non ! Laissez-moi partir ! Laissez-moi partir ! »

Je descendais le long des tunnels noirs. Je traversais les flots d'ouvrières pressées d'aller travailler. J'allais vers le centre. Le noyau. Le cœur.

« Au secours ! Au secours ! » hurlait la voix.

La voix… ma voix.

La voix frêle, vacillante, de l'être humain nommé Cassie. Moi. Moi !

< Ahhhhhhhh ! >

Brusquement, j'étais de nouveau Cassie. Je connaissais mon nom. Je savais qui j'étais.

Mais cela n'avait plus d'importance. Le corps du termite avait échappé à mon contrôle. Une volonté plus forte que la mienne le guidait.

Le termite a soudain débouché dans un grand espace dégagé. Un espace qui ne faisait pas plus de sept ou huit centimètres de diamètre, en réalité. Et qui, pourtant, me faisait l'effet d'un stade couvert.

Tout à coup, j'ai compris qui avait pris le contrôle du cerveau du termite. Je savais qui avait relégué mon esprit humain à l'arrière-plan.

Elle était immense. D'une taille qui défiait l'imagination. A une extrémité, j'ai perçu une tête et des pattes avant inutiles, qui s'agitaient dans l'air. De cette petite tête et de ce petit corps partait une poche monstrueuse et palpitante. Grosse comme un ballon dirigeable.

A l'autre extrémité, il y avait une double rangée d'œufs visqueux et collants, qui attendaient d'être emportés par les ouvrières.

La reine.

J'étais dans la chambre de la reine des termites. »

Ils sont parmi nous !
Ne Les laissez pas vous contrôler, lisez…

L'extraterrestre
Animorphs n°8

Et découvrez dès maintenant
ce qui vous attend !

« – Aaaaahhhhhh ! hurlait le professeur en se griffant la tête.

Un des humains a crié :

– Qu'est-ce qui se passe ? Qu'est-ce qui se passe ?

Un autre est sorti en courant dans le couloir pour chercher de l'aide :

– Au secours ! Au secours !

Prince Jake et moi étions assis au fond de la salle, l'un à côté de l'autre, immobiles.

– Arrête d'abîmer notre corps ! s'est exclamé M. Pardue.

Puis, comme s'il se répondait à lui-même, il a ajouté d'une voix pâteuse :

– Sors de ma tête ! Sors de ma tête ! Tu es foutu !

Prince Jake a croisé mon regard. Nous savions tous les deux ce qui était en train de se passer.

– Ça en fait deux, a murmuré prince Jake. Deux que nous voyons. Il y a un problème… ils ont un problème.

M. Pardue s'est mis à pleurer. Et à jurer. Sans cesser de se tordre sur le sol, avec tous les autres humains debout autour de lui qui le regardaient, impuissants et horrifiés.

– Savais-tu que cet humain était un Contrôleur ? ai-je demandé à prince Jake, en essayant de parler très bas.

– Non. Il m'a toujours fait l'effet d'un type sympa. Je ne peux pas rester là à regarder sans rien faire !

– Sors de moi ! a encore hurlé M. Pardue.

Le Yirk qui était dans la tête du professeur faiblissait. Il dépérissait par manque de rayons du Kandrona. Et l'hôte, le véritable M. Pardue, luttait pour reprendre le contrôle.

Tout à coup, prince Jake s'est levé et il a couru vers le professeur. Je me suis précipité derrière lui. J'ai essayé de l'attraper par le bras, mais il a été trop rapide.

– Prince Jake ! l'ai-je appelé sèchement.

Il m'a ignoré.

Prince Jake s'est agenouillé auprès du professeur, qui saignait de la tête.

– Je sais ce que c'est, a-t-il murmuré, je sais ce que c'est, monsieur Pardue. Tenez bon. Le Yirk va mourir. Vous serez libre. »

Ils sont parmi nous !
Ne Les laissez pas vous contrôler, lisez…

L'inconnu

Animorphs n°7

Et découvrez dès maintenant
ce qui vous attend !

« L'air s'est entrouvert, et il est apparu.

C'était un humanoïde avec deux bras, deux jambes et une tête là où on s'attend à en trouver une chez un humain. Sa peau était d'un bleu fluorescent, comme une ampoule électrique qu'on aurait peinte et qui continuerait à diffuser de la lumière. Il avait l'air d'un vieillard, mais dégageait une énergie incroyable. Il avait de longs cheveux blancs et des oreilles effilées. Ses yeux étaient des trous noirs qui semblaient remplis d'étoiles.

Il se mit à parler normalement :

– Je suis un Ellimiste, comme votre ami andalite l'avait deviné.

Ax tremblait tellement qu'on aurait dit qu'il allait s'écrouler.

– Rassure-toi, Andalite, poursuivit l'Ellimiste, regarde tes amis humains, ils n'ont pas peur de moi.

< Ils ne savent pas qui tu es >, parvint à dire Ax.

L'Ellimiste sourit.

– Toi non plus. Tout ce que tu connais de moi, ce sont les histoires que ton peuple raconte aux enfants

– Et si quelqu'un nous disait qui vous êtes réellement, demandai-je.

Je n'étais pas de très bonne humeur. C'était très étrange – et plutôt stressant – d'être entourés d'humains-Contrôleurs, d'Hork-Bajirs et de Taxxons en territoire ennemi. Ils étaient tous figés, mais ça pouvait changer. A dire vrai, j'avais peur. Et quand j'ai peur, je m'énerve.

L'Ellimiste leva les yeux sur moi.

– Je suis au-delà de vos capacités de compréhension.

< Ils sont tout-puissants, expliqua simplement Ax, ils peuvent traverser des années-lumière en une seconde, ils peuvent faire disparaître des mondes entiers, ils peuvent même arrêter le temps. >

– Celui-là n'a pas l'air si puissant, remarqua Marco d'un ton sceptique.

< Ne sois pas idiot, rétorqua Ax, ça n'est pas son corps. Il est... partout à la fois, à l'intérieur de ta tête, à l'intérieur de cette planète, à l'intérieur de ce qui fait l'espace et le temps. > »

Ils sont parmi nous !
Ne Les laissez pas vous contrôler, lisez...

La capture

Animorphs n°6

Et découvrez dès maintenant
ce qui vous attend !

“ J'ai senti que nous descendions un escalier. J'ai senti des mains qui essayaient de m'attraper et qui glissaient. Et finalement, l'air du dehors...

– Ma... tête... ai-je grogné.

< Mal à la tête ? Pas étonnant, mon pote. >

– Quelque chose... qui ne... va pas... j'arrive pas... à penser...

< T'inquiète pas. Repose-toi. On a la situation en main. Plus ou moins. >

< Incroyable, fit une voix dans ma tête. Est-ce possible ? Des humains ? >

Quelle était cette voix ? D'où venait-elle ?

Marco m'a soulevé et m'a balancé en travers du dos d'un cheval. Cassie.

< Cassie ? Un humain, oui. Et Rachel ? La cousine ? Humaine aussi. >

De la main, j'ai essayé d'écarter la blouse de mon visage. Que se passait-il ? Il y avait une voix à l'intérieur de ma tête...

Nous avons sauté par-dessus une clôture. J'ai volé dans l'air et je me suis violemment écrasé sur le sol.

J'ai ressenti une douleur, mais elle semblait venir de loin. La blouse s'était ouverte. J'ai regardé autour de moi. Des arbres partout. Pas très loin, un cheval aux naseaux fumants.

J'ai vu tout ça, mais d'un regard distant, comme si je le voyais à la télé. Mes yeux bougeaient ; vers la gauche, vers la droite. Ils bougeaient tout seuls. Comme si quelqu'un d'autre orientait mon regard.

Cassie. J'ai essayé de prononcer son nom.

Aucun son n'est sorti de ma bouche.

< Ne lutte pas, Jake, a prévenu une voix dans ma tête. C'est inutile. >

Quoi ? Qui avait dit ça ? Qu'est-ce qui...?

Soudain, un rire que moi seul pouvais entendre.

< Fais marcher ton cerveau primitif d'humain, Jake. Jake l'Animorph, a ricané la voix. Jake, le serviteur de la pourriture andalite ! >

Alors j'ai compris.

J'ai compris ce qu'était la voix.

Un Yirk !

Un Yirk dans ma propre tête !

J'étais un Contrôleur. ”

Loi n° 49-956 du 16 juillet 1949
sur les publications destinées à la jeunesse
ISBN 2-07-051969-4
Premier dépôt légal : juin 1998
Dépôt légal : juillet 1999
Numéro d'impression : 47531
Imprimé sur les presses de l'imprimerie Hérissey

92373